行者と姫君

古来稀《まれ》なる大目付 4

藤 水名子

時代小説

二見時代小説文庫

目次

行者と姫君——古来稀《まれ》なる大目付 4

序

「殿ッ、殿ッ！！」

あたり憚《はばか》らぬ黒兵衛《くろべえ》の大声が、今日も屋敷じゅうを席巻《せっけん》していた。

「一大事でございます、殿ッ」

もとより、家人たちは慣れているから、誰一人それを奇異には思わず、己の為《な》すべき務めを淡々と為している。つまり、黒兵衛以外の者たちは、変わらぬ日常を過ごしていた。無論三郎兵衛《さぶろべえ》も、その中の一人だ。

「一大事にございまするぞッ、殿ーッ」

今月になって、実に三度目の一大事であった。

（今度はなんだ？……隣家の犬が、子でも産んだか？）

庭で木刀の素振りをしていた三郎兵衛は内心辟易《へきえき》しながら、だが耳だけは欹《そばだ》てて黒兵衛の気配をさぐる。

大声のみならず、けたたましい足音は三郎兵衛の居間へと通じる長い廊下を一途《いちず》に蹴立てて来る。その勢いは、到底《とうてい》八十に手が届きそうな老人のものとは思えない。

(こやつは、一体幾つになれば年をとるのだ？)

己のことは棚に上げて、三郎兵衛は甚《はなは》だ呆《あき》れている。

「殿ぉーッ」

黒兵衛の声は次第に近づいてくる。

「殿ッ、殿ッ、何処《いずこ》におわしますッ！」

声を限りと叫んでいるようだが、もとより三郎兵衛は素振りをやめない。

一大事も、三度続けば全くなんの驚きもない。それどころか、これまで黒兵衛の口から発せられた一大事の数は、三郎兵衛の知る限りでも、優に百は超えていよう。

そのどれもが、三郎兵衛に言わせれば、全く「一大事」でもなんでもない、瑣末《さまつ》な雑事であった。

(武士たる者、つまらぬことでいちいち騒ぎたてるなと、何度言い聞かせてもわからぬ奴だ)

三郎兵衛の胸中には、次第に苦々《にがにが》しいものが満ちてくる。

なにかにつけて黒兵衛が騒ぎ、三郎兵衛が窘《たしな》める。この四十年近く、その繰り返しだった気がする。

互いに、なんと無駄なときを過ごしてきたことか。

「殿ッ、殿ーッ」

喜寿《きじゅ》過ぎの老爺《ろうや》とも思えぬ大音声《だいおんじょう》を発しながら、黒兵衛が漸《ようや》く三郎兵衛の居間の前に到着した。

束の間声が途絶えて沈黙が訪れたのは、さすがに激しくきらした息を整えているのだろう。充分に呼吸を整えてから、

「殿ッ」

荒々しく襖を開け放ったが、生憎《あいにく》そこに三郎兵衛の姿はない。

「殿?……はて、殿は何処?」

入口でしばし逡巡してから、

「殿ッ」

更に声を高めて呼ばわり、黒兵衛は部屋の中へと無遠慮に歩を進める。

「殿ッ、殿ッ」

呼びかけつつ、主人の居間をズカズカと蹂躙《じゅうりん》してから、漸く、庭に出ている三郎兵衛の姿を発見した。

「殿、いらっしゃいましたか」

「いたが、どうした?」

さも億劫《おっくう》そうに問い返すと、

「いらしたのなら、何故早く返事をしてくださいませぬ。……おかげで、大きな声を出したではありませぬか」

逆に苦情を述べられ、三郎兵衛は憮然《ぶぜん》とした。

「何の用だ」

仕方なく、仏頂面《ぶっちょうづら》で問い返すと、

「一大事にございます」

例によって、聞き飽きた言葉を繰り返す。

「今年になって、一体何度目の一大事だ」

三郎兵衛が呆れ声を出すが、黒兵衛は一向《いっこう》懲りぬ様子であった。

「一大事だから一大事だと申し上げているのでございます」

「だから、一体何事だ?」

その懲《こ》りぬ口調に内心困惑しつつ、三郎兵衛は仕方なく、問い返す。

「殿のお子だと名乗る者が、ご門前に参っております」

黒兵衛の言葉を、そのとき三郎兵衛は、どこか遠い異国の言語のように聞き流した。

「………」

返す言葉が、すぐには口をついて出なかった。

人は、本当に心底仰天《しんそこ》すると、そういう状態になるのかもしれない。

一瞬間、思考が途切れ、

(儂《わし》の…子だと？　こやつはなにをほざいておる？)

しかる後、その意味を咀嚼《そしゃく》しようと努《つと》めたが、できなかった。

「なんだと？」

容易には思考が戻らず、ただ、顔色を変えて問い返しただけだった。

「いま、なんと申した？」

「はい？」

「いま一度、申してみよと言うておるのだ」

「ですから、殿のお子と名乗る者が、参っておるのです。……これを一大事と言わずして——」

心持ち胸を反らし、手柄《てがら》顔をして、黒兵衛は応える。

「儂の子、だと？」

三郎兵衛の顔は一層の険しさを帯びる。

「何処《どこ》の誰だ？」

「はぁ？」

「何処の誰が、そのような戯《ふざ》けたことをぬかしておるのか、と訊いているのだ、たわけめッ」

「存じませぬ」

三郎兵衛が語気を強めれば、当然黒兵衛も表情を険しくする。

「なんだと？」

「当人は、斎藤勘三郎《さいとうかんざぶろう》と名乗っておりますが、それが果たして、その者のまことの名であるかどうか、それがしには知り得る術《すべ》もございませぬ」

「斎藤勘三郎と、名乗っておるのか？」

内心の動揺をひた隠しつつ、三郎兵衛は問い返し、

「はい。名乗っております」

存外《ぞんがい》静かな口調で黒兵衛は答える。

斎藤勘三郎とは、微行《びこう》の際三郎兵衛が屡々《しばしば》用いる変名だ。そのことを知るのは、かつては黒兵衛だけだったが、近頃は勘九郎《かんくろう》も知るようになった。それに倣《なら》い、自らも

斎藤甚三郎《じんざぶろう》などと称しているようだ。

ともあれ三郎兵衛の変名は、家族以外知り得よう筈もなく、もし知る者があるとすれば、実際に名乗ったことのある相手にほかなるまい。

「で、母親は？　母親はどのような女だ？」

と問うたのは、三郎兵衛の思考が戻った故である。とにかく、相手の女が何処の誰かを思い出すのが肝要である。

ところが――。

「母親は来ておりませぬ」

黒兵衛は容易ならぬことを言った。

「なに、母親は来ておらぬのか？」

「はい。一人で参っております」

「母親に伴われず、一人で参ったのか？」

「はい、一人でございます」

「………」

三郎兵衛は少しく混乱を来《きた》している。

通常、外に作った隠し子が父親の前に現れる場合、母親が子を伴って来るものだ。

子の母親は、かつて一度は関係のあった女だ。多少老けていようが、関係のあった女を見忘れることはないから、目の前にいる子を、

「あなた様のお子でございます」

と言われれば、認めぬわけにはいかないだろう。

一度は愛した昔馴染みの女が両目を潤ませながら、

「お懐《なつ》かしゅうございます」

と震える声音で訴えるのを、「知らぬ」と突っぱねるような男は、最低のクズだ。

（だが、子が一人で初対面の父親を訪ねて来るとは、どういうことだ？）

それ故三郎兵衛は、首を捻らずにいられなかった。

「その者の……斎藤勘三郎とやらの年格好は？」

「若《わか》と、さほど変わりませぬ」

「なに！」

（勘九郎と同い年とすれば、二十三、四……儂が、書院番組頭《しょいんばんくみがしら》か徒頭《かちがしら》の頃だ。……その頃懇《ねんご》ろになった女といえば……）

三郎兵衛は懸命に記憶を手繰《たぐ》る。

享保《きょうほう》の初年から数年のあいだ、三郎兵衛は公私ともに多忙であった。初孫の勘九

郎が生まれた喜びも束《つか》の間《ま》、勘九郎の両親――息子とその嫁を相次《あいつ》いで喪《うしな》った。新しい公方様《くぼう》による改革がはじまったばかりだというのに、家庭内環境のこの激変は、正直つらかった。

そのつらさから束の間でも逃れたくて、若い頃の放蕩《ほうとう》生活に傾きかけたこともあった。

(確かにあの頃であれば、絶対にないとは言いきれぬ)

三郎兵衛の脳裏を、何人かの女の面影が過《よぎ》る。

一方、過去に思いを馳せる三郎兵衛の思案顔を、黒兵衛は注意深く観察していた。

「お心当たりがおありでございまするな、殿？」

「あるはずがなかろう、たわけがッ」

反射的に三郎兵衛は怒鳴った。

即座《はんぱく》に怒鳴らねば、黒兵衛に弱味を見せることになる。それ故の、無意識で無意味な反駁であった。

が、この日の黒兵衛は、三郎兵衛など到底太刀打ちできぬほどに狡猾《こうかつ》であった。

「では、あの者、門前払いにいたしまするか？」

至極あっさり問い返してきた。

「ああ、さっさと追い払え」

売り言葉に買い言葉で、つい言い返してしまってから、だが、

「いや、待て――」

踵《きびす》を返しかける黒兵衛を、三郎兵衛は呼び止めた。

「やはり、お心当たりがおありなのですな」

もとより黒兵衛は僅《わず》かもその場を動いてはいない。

「い、いや……ない…とは言いきれぬだけだ」

「要するに、おありなのですな」

「ち、違う。あるような、ないような……」

「あるならあると、はっきり仰《おお》せられませ」

「…………」

厳しく追及されて、三郎兵衛は容易《たやす》く言葉を失った。

実のところ、全く自信がない。三郎兵衛は、己が何故《なにゆえ》これほど弱気なのか、その理由すらろくにわからずにいる。

「身に覚えのないことだ」

などとしらを切るような男は、最低のクズだ。それが三郎兵衛の信条だ。

それ故にこそ、ここは自ら誇れる態度をとらねばならない。

（外に子を作っていたからというて、それがなんなのだ。儂とて、旗本の端《はし》くれだ）

懸命に己に言い聞かせると、

「それで……勘九郎と同じ年格好の勘三郎は、どういう風体《ふうてい》なのだ？」

意を決して三郎兵衛は問い返す。

「ご興味がおありでしたら、お目にかかればよろしゅうございます」

が、黒兵衛の答えは素《そ》っ気《け》ない。

三郎兵衛は再び口を噤《つぐ》むしかない。

「殿は、奥方様亡き後、後添いを娶《めと》られることもなく、さりとてご側室《そくしつ》をもたれることもございませなんだ。外の女子《おなご》となにかあったとて、やむなきことにございます。まこと、御当家のお血筋でありますれば、この上なき僥倖《ぎょうこう》にございまする」

「…………」

立て板に水のごとく捲《まく》したてる黒兵衛に、三郎兵衛は心底困惑した。

どう言葉を取り繕《つくろ》おうと、胸を張って語れる話ではない。

正直、後ろめたさで胸がいっぱいである。一見《いっけん》三郎兵衛を擁護するかの如き黒兵衛の言葉は、実は三郎兵衛をじわじわと攻撃する諸刃《もろは》の剣《つるぎ》でもあった。

少なくとも、三郎兵衛の耳にはそう聞こえた。

「それで、どうなさいます、殿?」

三郎兵衛に対する牽制は充分と判断した黒兵衛が、至極あっさりした口調で問うてくる。

「え?……ど、どう、とは?」

「ですから、斎藤勘三郎殿と、お会いになるのでございましょう?」

「ああ……会う」

蚊《か》の鳴くが如き声音で、三郎兵衛は応えた。

「どちらでお会いになられます?」

「どちらで、とは?」

「どちらのお部屋にお通しすればよいのでございます?」

「ど、どちらというても……」

「客間にお通しいたしまするか?」

「それはさすがに……」

「では、こちらの居間にお連れいたしますか?」

「う、うん……」

三郎兵衛がどうにも煮えきらぬのは、勘三郎の存在を、勘九郎に知られたくないからに相違なかった。

何《いず》れバレるにせよ、いまは未だ知られたくない。居間まで連れてくれば、より多くの家人の目に触れ、或いは勘九郎にも知られてしまうかもしれない。

「では、ひとまず次の間にお通ししておきます」

三郎兵衛の心中をすっかり見透かしたかのように黒兵衛は言い、軽やかな足どりでその場から去った。心なしか、嬉しそうに見えるその背を、三郎兵衛は疲れきった顔で見送るしかない。

「松波《まつなみ》三郎兵衛正春《まさはる》だ」

着座するなり三郎兵衛は名乗り、だがすぐに目を伏せた。

目を合わせるのが恐かったのだ。それ故、一旦伏せた目をゆっくりあげて、恐る恐る相手に向ける。

「…………」

相手——斎藤勘三郎と名乗る青年は、そのとき慌てて軽く頭を下げ、

「か、勘三郎にございます」

ややうわずった声音で名乗ると、ゆっくりと顔をあげる。

月代《さかやき》は伸び放題の蓬髪。肌は浅黒く陽に焼けていて、屋敷の奥で傅《かしず》かれて育ったとは到底思えない上、座った風情もどこか窮屈そうで無理がある。おそらく、武家の生まれ育ちではないのだろう。

一応黒紋服を身に着けてはいるが、どうせそこらの損料屋《そんりようや》でも借りたものに違いない。裄《ゆき》も丈《たけ》も当人の体に合っておらぬ上、相応《そうおう》に古びている。

但し、三郎兵衛を真っ直ぐ見返したその目は若者らしく涼やかで、目鼻立ちもまあまあ整っていた。

(心なしか、勘九郎に似ておるか?)

その刹那、思うともなく三郎兵衛は思い、

「年は幾つだ?」

無意識に訊《たず》ねた。

「今年で二十一歳になります」

と屈託なく応えた声音も、年齢《とし》相応に若々しい。だが、

(なんと、勘九郎よりも若いのか!)

三郎兵衛は思わず心の裡《うち》で動揺した。

（とすれば、こやつは享保四年の生まれということになる。……儂が徒頭になったその翌年だ）

必然的に、勘三郎の母親と出会ったのは、享保三年より前ということになる。

（しかし、勘九郎より若いとは……まいったな）

三郎兵衛は内心困惑したが、最も困ったのは、目の前にいる若者の母親が誰なのか、一向に思い出せぬことであった。

（徒頭になった当時は、新しい職場になかなか馴染めず、吉原《なか》に入りびたったものだが……）

何人かの贔屓《ひいき》の妓《おんな》の顔が脳裡を過るが、吉原《よしわら》の遊女に子を産ませたとは考えにくい。

（では、この者の母は、一体何処の誰なのだ？）

三郎兵衛は懸命に記憶を手繰る。

「母上は――」

「母は、ひと月ほど前に、身罷《みまか》りました」

だが、言いかける三郎兵衛の言葉をすかさず引き取り、勘三郎が告げた。

「え？」

「母は、亡くなる直前まで、『いま一度、松波のお殿様にお会いしたい』と申しておりました」

「…………」

三郎兵衛は容易く絶句する。

母に伴われず、本人が一人で来たと聞いたときから、ある程度予想はしていたが、実際に聞くと胸が痛む。自分に会いたい、と思ってくれていたのなら、もっと早く訪ねてくれればよかったではないか。

「何故、死ぬ前に会いに来なかったのだ」

「不慮《ふりょ》の死でございました」

と目を伏せ、僅かに声を震わせて勘三郎は応える。蓋《けだ》し、母を喪ったときの悲しみが、こみあげてきたのだろう。

「母は常々……お前が——お前とはつまり、それがしのことですが……それがしが、一人前の侍《さむらい》となったとき、お殿様にその姿をお見せするのだと言い、そのためにも、日々精進するように、と常々…申しており…ました。……それがしが、未だ一人前ではないがために、母は……」

切れ切れに言葉を吐きながら、時折大きく肩を震わす。

「お、おい、そなた……」

三郎兵衛は慌てた。

目の前で、二十歳の若者に泣かれるなど、想定外の事態である。勘九郎の泣き顔だって、幼児の頃に見たきりである。

「そちが一人前かどうかはともかく、こうして当家を訪ねてきたのだ。何故儂を訪ねてきたのか、泣いていないで、しっかり話さぬか」

「も、申しわけございませぬ……突然お屋敷に押しかけるなどという無礼な真似をしでかしまして……ど、どうか、お許しくださいませ」

三郎兵衛に厳しく窘《たしな》められると、どうにか震えは止まったが、今度は恐縮してしまったようだ。すっかり畏《かしこ》まった勘三郎は、

「ま、まことに、申しわけございませんッ」

言葉とともに、深々と頭を下げた。

「もうよいから、顔をあげよ」

厳しい口調で三郎兵衛が命じても、なかなか顔をあげられない。

「これ、それでは話ができぬではないか、斎藤勘三郎」

「へへーッ」

促されても、畳に這い蹲《つくば》るばかりである。

「お母上は、何故亡くなられたのじゃ？」

三郎兵衛は仕方なく話題を変えた。

本当は、

「そなたの母上は何処の誰だ？」

と問いたいところを、辛うじて堪える。

それを問うてしまっては、己が男として最低のクズだと認めることになるので、意地でも問えない。できれば問わずに自力で思い出したい。

「実は……斬られたのでございます」

「なに？」

忽《たちま》ち表情を変えた三郎兵衛のただならぬ雰囲気を察したのだろう。勘三郎は漸く顔をあげ、三郎兵衛を見返した。

「斬られた、だと？」

そのことの異常さが、三郎兵衛の本能を無意識に呼び覚まさせたといえるかもしれない。

二十歳の若者の母親であれば、年齢は三十代後半から四十そこその女盛り。息子を一人前の侍に育てたかったところから察するに、おそらく武家の出であろう。女盛りの武家の女が何者かに斬られて死ぬ、というのは、かなり異様な事態である。

「どういうことだ？　何者に、斬られたのだ？」

「わかりませぬ」

勘三郎は忽ち項垂《うなだ》れる。

「わからぬ、とは？」

「何処の誰とも知れぬ、辻斬りに殺されたのでございます」

と応えた勘三郎の両目から、再び溢れるものがある。母の死を、子が自ら語らねばならぬのだ。繰り返し悲しみが溢れるのは仕方ない。

それ故三郎兵衛は、もうそのことで勘三郎を責めようとはしなかった。

「辻斬りだと？」

その代わり、語らせねばならぬことを心で詫びながら、三郎兵衛は問うた。

「は…はい」

勘三郎は涙声で頷《うなず》いてから、

「わ、我が手で下手人《げしゅにん》を捕らえたく思い、捜しまわりました……し、しかし、素人《しろうと》のそれがしにはどうにも難しく……父上……いえ、松波様が南町のお奉行であったことを思い出しまして……」

こもごもと述べた。

未だ子と認められたわけでもないのにうっかり父と呼んだことに気づき、咄嗟《とっさ》に言い直す奥ゆかしさが不憫《ふびん》であった。

「残念ながら、儂はもう町奉行ではないのだ」

「え？」

「町奉行ではないが、もとより、下手人を捜すことはできる。だが――」

「…………」

「だが、何故そなたは自ら下手人を捜そうなどと思うたのだ。素人のそなたが自ら捜さずとも、町方の者が探索していよう」

「町方は駄目です」

勘三郎はゆるく首を振る。

「なに？」

「なんでも、大きな捕り物が立て続けに起こって人手が不足しているそうで、身分も財産もない寡婦《かふ》が辻斬りに斬られたなど、いちいちとりあってはくれません」

「寡婦……か？」

思わず問い返したとき、忽然と、三郎兵衛の脳裏を一つの記憶が過る。

「そなたの母上は、武家の娘であろう。……確か、西国の藩の……実家に帰っていたのではないのか」

「一度は戻ったらしいのですが、それがしを身ごもったことに気づいて、家を出たそうです。……それがしが物心つく頃には、娘時代に身につけた立花《りっか》や琴《こと》、習字などの芸事を町家《まちや》の娘らに教えて生計《たつき》を立てておりました」

「なんと……」

三郎兵衛は絶句したが、

「松波様は、我が母のことを覚えておいでてでございますか」

勘三郎はふとそのことに気づき、えらく感激したようだ。

「まさか、覚えておいでとは……」

だが三郎兵衛は、

「当たり前ではないか」

とは言わず、

(享保三年に出会い、子をもうけるような仕儀となった女はただ一人……)

その事実を、己の胸の中でだけ無意識に反芻《はんすう》していた。

(まさか、一人で子を産み、たった一人で育てていたとは……若い娘が、一人で苦労を背負い込まずとも、よいではないか。何故もっと早く、儂を訪ねてこなかったのだ。子は、母親一人のものではないぞ。……儂の子でもあるのだぞ）

茫然と思いつつ、三郎兵衛は漸く、そのひとの名も顔も、すっかり思い出すことができた。思い出すと忽ち、

（だが、いまのいままで、何故忘れていたのだ？）

自らを激しく責めることしかできぬ三郎兵衛であった。

第一章　過ぎし日の名残《なご》り

一

享保元年。

吉宗《よしむね》の将軍職就任と、初孫・勘九郎の誕生が重なり、松波三郎兵衛の喜びは一入《ひとしお》であった。

但し、紀州《きしゆう》家から来た色黒の大男を、はじめから信頼していたわけではない。二人の兄が相次いで死んだために僥倖《ぎようこう》で紀州藩主となった吉宗に対する評価は、当時幕臣のあいだでは極めて低かった。

七代将軍の家継《いえつぐ》公は、父・家宣《いえのぶ》公の死により僅《わず》か三歳の幼児でありながら将軍職を継《つ》いだ。

病がちだった父の体質まで受け継いだのか、家継もまた生まれつき病弱な幼児であった。

天寿を全うできるか危ぶまれたのはいうまでもなく、最悪の場合子をもうけることができぬまま他界してしまうのではないかと囁かれた。

そのため、次期将軍が御三家《ごさんけ》の当主から選ばれるだろうということは、かなり早い時期から予想されていたのである。

中でも最有力候補は、尾張《おわり》徳川家の四代目当主・吉通《よしみち》だった。名君の誉れが高い上、一時期家宣の養子にという声もあがっていた人物である。

ところが、吉通は、幼い家継が将軍位を継いでまもなく、急死してしまった。

宿痾《しゅくあ》もなく、壮健そのものであった吉通の突然の死は当然不審がられたが、毒殺の証拠はあがらず、結局病死として処理された。

一説には、食後に不調を訴えて吐血したのに、近侍《きんじ》していた御殿医《ごてんい》はろくに脈もとらず、放置した、と言われている。或いは、将軍家後嗣《こうし》の座を狙う紀州の仕業《しわざ》ではないか、とも噂された。真実は不明である。

吉通の死後、将軍家同様幼少の嫡男が家督を継ぎ、将軍家後継への夢は断たれることとなった。

吉宗と確執を深め、なにかと問題の多かった宗春《むねはる》が尾張藩七代当主を継いだのは、享保十五年のことである。

宗春は、吉通の異母弟であるが、母を異《こと》にする兄弟にしては珍しく、吉通はこの末弟を溺愛した。兄から溺愛された宗春は当然吉通を慕っていたであろうから、兄を謀殺した疑いのある紀州家には、はじめから反感を抱いていたに違いない。

それが、のちに紀州家出身の吉宗の政策を全否定することにつながったともいえるだろう。

とまれ、さまざまな事情から、紀州藩五代当主の吉宗が八代将軍の座に就いた。

家宣の正室であった天英院《てんえいいん》と家継の生母である月光院《げっこういん》が、ともに吉宗を強く支持したともいうが、あまり折り合いのよくなかった正室と側室が同じ人物を支持するとは考えにくい。

(吉宗公を推したのは、おそらく御正室の天英院様だろう。子を喪《うしな》ってとり乱すばかりの御生母に、次期将軍を推す余裕などある筈がない。それに、例の……絵島《えじま》といったか？　あの、お中臈《ちゅうろう》の事件があったから、月光院も折れざるを得なかったのだろう)

と勘繰《かんぐ》ったのは、三郎兵衛だけではないだろう。

多くの者が、吉宗の将軍家相続の裏事情をあれこれと勘繰ったが、結局吉宗が就任時から次々と繰り出す武断統制の前に、口を噤《つぐ》むしかなかった。

(結局、上様が一枚も二枚も上手《うわて》だったということだ)

吉宗が次々と行った改革にはさほどの興味もなかった三郎兵衛が最も感心したのは、相対済《あいたいす》まし令や上米《あげまい》の制など、矢継ぎ早に繰り出した改革策を、効果がないどころか害になっているとみるや、数年後には吉宗自身が平然と廃止したことである。

自ら発した法令を自ら撤廃できる為政者は少ない。

(過《あやま》ちては即ち改むるに憚《はばか》ることなかれ、というわけか。たいした公方様《くぼう》だ)

将軍の地位にありながら、それを実行できる吉宗に、三郎兵衛は心服した。

が、過ちを即ち改むることで三郎兵衛を心服させたのは、かなり後年のことで、享保の年号に変わってから数年のあいだは、三郎兵衛はもとより、幕臣のほぼ誰もが、新将軍に対してなんの期待もしてはいない。

(余計な用事が増えただけで、何一つよいことなどないわ)

当時書院番をしていた三郎兵衛は、心底それを疎《うと》ましく思った。

書院番は、将軍の馬廻り衆であり、その身辺警護が主な役目である。文字どおり、旗本にとっては最も相応《ふさわ》しい職務であり、出世の足がかりともなるため、旗本子弟のあいだでは人気の高い役職だ。

しかし、平時であれば当番のときだけ城内に詰めていればよいところ、吉宗は片時もじっとしていない将軍であった。将軍が立ち合うまでもない工事にも立ち合い、災害があればわざわざ視察に出向く。

おまけに、公務がないときは、暇さえあれば鷹狩《たかが》りばかりしている。

おかげで書院番も、連日大忙しであった。

(紀州の山猿《やまざる》はなんでも首を突っ込みたがる。困ったものよ)

当時の三郎兵衛は、落ち着きのない新将軍に心服してはいない。

「今度の公方は人使いが荒くてかなわねえな」

旗本の当主と雖《いえど》も、多少酒が入れば無頼《ぶらい》同様に口が悪い。

「ったく、朝っぱらから鷹狩りなんぞにつきあわされる身にもなれってんだ」

「鷹狩りはまだいいだろ。終わったら酒宴があるんだからよう。酒飲めると思ったら、ちったあ、気ぃ入れるぜ」

「そうでもねえよ。……ほら、今度の公方さん、あのとおり吝嗇《けち》だから……」

「宴席の肴《さかな》も、しみったれてやがるんだよなぁ。めざしだの畳鰯《たたみいわし》なんて、こちとら食い厭《あ》きてるってての」

「たまには、鯛《たい》の尾頭《おかしら》くれえ食わせろっての」

「まったくだぜ。倹約倹約って言うけどよ、こちとら貧乏旗本の台所は、言われなくても倹約してるっての」

明番《あけばん》のたび、口の悪い番士仲間と飲み歩いては、くだを巻くのが常だった。

書院番は、人気の役職とはいえ、せいぜい二、三百石取りの旗本当主が殆《ほと》んどである。

石高はさほど多くないのに、登城の際の体面を保つため、槍持ち、中間《ちゅうげん》、若党、草履《ぞう》取《り》りなど、役目がかぶっている上、さほど必要のなさそうな者たちをかかえておかねばならないため、家計は常に火の車だ。

家族が多ければ、必然的に食生活は貧しくなる。

今更倹約を義務づけられなくとも、そもそも一度として贅沢《ぜいたく》などしたことはなかった。

(そんなことも知らねえで、「倹約倹約」言ってんじゃねえぞ、山猿が——)

五十を過ぎて初孫を得たばかりの三郎兵衛は、仲間とともに酒席で暴言を吐き、心中密かに主君に毒づくような、草臥《くたび》れた中年男であった。

十年前に妻を亡くしていたが、家の中を面倒にすることを嫌って後妻は娶《めと》らず、側室ももたなかった。家の中に女の数が増えるほど、面倒事も増える、というのが持論で、妻の生存中、後継ぎが一人きりでは心許《こころもと》ないから、側室を迎えて子を殖やせと周囲の者から執拗《しつよう》に勧められても、頑《がん》として拒んだ。ときには、家付き娘に頭の上がらない、情けない婿《むこ》養子を演じてみせた。

何《いず》れ、嫡男の勘兵衛《かんべえ》に嫁がくる。

そのとき、勘兵衛とは血の繋がりのない後妻がいたのでは面倒のもとになる。また、後妻とのあいだに子ができれば、後妻は我が子に松波家を継がせたい一心でよからぬことを企《たくら》むかもしれない。

正室を娶るのが面倒だからと側室を迎えた場合でも、同様である。

(女は家に迎えず、外で逢瀬《おうせ》をもてばよい)

というのが、三郎兵衛なりの美学であった。

そのときは、成人した一人息子があっさり早世《そうせい》するなどとは夢にも思っていなかった。

「なんにしても、吝嗇な山猿がのさばっていられるのもいまのうちよ」

「どういう意味だ？」

仲間の一人が、意味深な笑みを口辺に滲《にじ》ませながら言った言葉に、三郎兵衛はふと問い返した。

「どうもこうも、やかまし屋の老中連中が、いつまでも山猿の好きにさせやしねえってことよ」

「老中になにができるというのだ？」

「えっ？」

「老中は、所詮《しょせん》大名ではないか」

「………」

身も蓋《ふた》もない三郎兵衛の言葉に、他の者たちは皆口を噤むしかなかった。

「大名にすぎぬ以上、永遠に、公方には勝てぬということだ」

埒《らち》のあかぬ悪口に終止符をうつのは、大抵三郎兵衛の役目であった。

口では悪しざまに罵《ののし》りながらも、三郎兵衛は心の何処《どこ》かで新将軍に期待してもいたのだろう。

五代将軍の晩年といっていい宝永《ほうえい》元年に初出仕して以来、三人の将軍に仕《つか》えてきた。

二人目の家宣も三人目の家継もともに短命で、仕えた、という実感もあまりない。

今度こそ、じっくりつきあえる将軍であって欲しいと望まぬことはなかった。

二

「まさか気づかれてないだろうな？」

「ああ、大丈夫だ。相手は世間知らずな箱入り娘だぞ。たった一人の叔父《おじ》のこの俺を信じきってるさ」

「そのたった一人の叔父上に騙《だま》されて、女郎に叩き売られるとはな……」

「まったく、悪い叔父上だ」

「なに言いやがる。そのおかげで、てめえらもおこぼれにあずかれるんじゃねえか」

隣りの座敷から漏れ聞こえてくる質《たち》の悪い悪巧《わるだく》みを、聞くともなしに三郎兵衛は聞いていた。

(何処の誰が聞いてるかもわからぬこんなところで、よくもまあ、憚ることなく悪事の相談ができるものだ)

内心甚《はなは》だあきれている。

行きつけの楊弓場《ようきゆうば》の矢場女《やばおんな》に鰻《うなぎ》を馳走してやる約束をしたため、非番のこの日、連れ出してやった。

男女の関係ではないが、気のおけない長いつきあいだ。

何軒かある行きつけの中で、それほど敷居の高い老舗《しにせ》でもなく、さりとて庶民すぎぬ店を選んだ結果、たまたま、神田《かんだ》のその店に来た。

女連れで一刻以上過ごさねばならぬことを思えば、さすがに座敷のない店は避けておきたい。まさか隣りの座敷に、とんでもない悪党が来合わせるなどとは、夢想だにしなかった。

「けど、相手は武芸の達人だろ。大丈夫なのかよ？」

「安心せい。今宵夕餉《ゆうげ》の膳《ぜん》に、しびれ薬を盛ってやるわ。如何《いか》に達人と雖《いえど》も、体が動かねばどうにもなるまい」

「へっへっ……本当に悪い叔父上だな」

「それはそうと、お前ら、あんまりやり過ぎるんじゃねえぞ。あくまで大事な売り物なんだからな」

「ああ、わかってますぜ、叔父上」

「やり過ぎねえ程度に、可愛《かわい》がってやりますぜ」

「俺たちにやられるのが嬉しくって向こうからすがりついてきたら、そんときゃ、姪《めい》御《ご》さんの望みどおりにしてやっていいんだろ」

「馬鹿を言え。武芸自慢の生娘《きむすめ》が、お前らなどによろこぶものか」

「おいおい、旦那、そりゃあねえぜ」

下卑《げび》た笑い声は、さすがに低くひそめられていたが、三郎兵衛の耳にははっきり届いた。

（おのれ、なんという悪党ども——）

三郎兵衛が思わず拳を握りしめた瞬間、

「旦那——」

差し向かいで酒を飲んでいた矢場女のお咲《さき》も隣室の話し声を聞くともなしに聞いていたようで、顔色を変えて三郎兵衛を見た。

「…………」

なにか言いかける女を、三郎兵衛は目顔で制した。

「黙って鰻を食え、お咲」

小声で命じておいて、自らは襖に耳を擦りつけんばかりにして隣室の話し声を窺《うかが》った。

お咲は、三郎兵衛とは数年来の馴染みである。歳は三十路《みそじ》をいくつか過ぎたくらい。

男と女の関係はなくともうまが合い、たまにこうして酒を飲んだりするのは、気っ風がよくて誰にでも優しい、その姐御肌《あねご》なお咲の気質が気に入っているからにほかならない。

三郎兵衛をじっと見返す、その切れ長の瞳が、若い娘がひどい目にあうことを憂いている。

(わかっている)

三郎兵衛は無言で頷《うなず》いた。

「いただきまーす」

お咲は即ち、三郎兵衛の指示に従い、鰻の蒲焼きに箸をつける。

「ん〜美味《おい》しいよ、旦那」

「ああ、そうじゃろう。しっかり食えよ」

「なぁに、旦那、あたしに鰻食べさせて、このあとあたしをどうするつもり?」

「さあて、どうしてやろうかのう」

お咲が咄嗟《とっさ》に芝居してのけたので、三郎兵衛もそれにのることにした。

できれば、こちらが耳を欹《そばだ》てていると知られぬほうがいい。隣室からの話し声が急に途絶えれば、用心深い者ならすぐ、盗み聞きに気づくだろう。

(もっとも、少し気の利く者なら、ここまで無遠慮な大声は出すまいがな)

三郎兵衛は内心大いにあきれている。

これがもし仮に悪事の相談ではなくただの雑談だとしても、隣りの部屋にまで聞こえるほど傍若無人《ぼうじゃくぶじん》な大声で喋《しゃべ》るなど、余程の礼儀知らずだ。普通に考えれば、関わらぬほうがいいに決まっている。

（だが、聞いてしまった以上、知らぬ顔はできぬぞ）

三郎兵衛は思い、更に多くの情報を入手すべく耳を欹てたが、どうやら隣りの部屋にも料理が運ばれてきたようで、あとは男たちが飯を食う音が聞こえてくるばかりであった。

隣室の客は全部で四人いた。

四人は、ほぼ同じ年頃の浪人風体《ふうてい》であったが、叔父上と呼ばれていた男がどれなのかは、その話し声ですぐにわかった。

三郎兵衛は先に店を出ると、彼らが出て来るのを路地奥に潜《ひそ》んで待った。そして直《ただ》ちに、その男のあとを尾行《つ》けた。

男が向かったのは、神田の鰻屋からはほど遠からぬ市ヶ谷《いちがや》の旅籠《はたご》であった。旅の行商人などが長期滞在するための粗末な安宿である。

通常、武家の子弟が仇討《あだう》ちの目的で江戸に出府すると、一旦藩邸に出向いて事情を説明し、その後江戸に滞在するのであれば藩の下屋敷に宿泊するものだ。

だが、叔父が悪巧みを実行にうつすには、藩邸にいたのでは具合が悪い。大方、なにか理由をつけて連れ出したのだろう。

とまれ三郎兵衛は、男を尾行して市ヶ谷のその旅籠へと到るあいだに男たちが企む悪事をほぼ正確に想像し、大方の事情を呑み込んだ。

叔父は、父の仇討ちをするという姪の介添え役として、ともに、仇《かたき》がいるという江戸へやって来た。

はじめからそのつもりで仕組んだのか、それともあてもない仇討ちの旅をするうち悪心が萌《きざ》したのか。それはわからない。

とまれ叔父は、金目当てで、血の繋がった姪である娘を女郎屋《じょろうや》に売りとばすことを企《くわだ》てた。江戸で知り合ったか、以前からの知り合いであるかは定かでないが、女衒《ぜげん》に引き渡す前に破落戸《ごろつき》のような悪仲間によって姪を凌辱させようというのは、武芸自慢の誇り高い武家娘である姪の心を殺し、絶望で塗り潰してやろうという魂胆に相違ない。

そうでもしなければ、気の強い姪がおとなしく女郎になるとは思えなかったからだ。

その念の入った悪辣《あくらつ》さに、三郎兵衛は心底怖気《おぞけ》をふるった。

果たしてどれほどの憎しみがあれば、己の身内に対して斯《か》くもおぞましい、下劣な策を弄《ろう》することができるのか。

（だが、思いどおりにはさせぬぞ）

鰻屋の二階で盗み聞いた話から察するに、おそらく決行はその夜のうちであろうと想像できた。

たとえば、

「儂《わし》が仇の居所を探ってやる。ついては、奴が潜伏しそうな裏長屋を虱潰《しらみつぶ》しにあたるので、そなたはいつでも出向ける仕度《したく》をして宿で待機しておれ」

と言い含めたとする。

当然娘は、

「私も同行いたします」

と言い返すだろう。それを言わせぬためには、

「いや、とてもそなたを伴えるような場所ではないのだ」

叔父は激しく首を振る。

「しかし、叔父上……」

「慌てるな。儂には既《すで》に見当がついてる。一両日中には必ず突き止められようから、そなたは待っていよ」

そうまで言われては、姪にも言い返す術はあるまい。

(その一両日中が、おそらく今夜だ)

と三郎兵衛は睨んだ。

旅籠の向かいの露地に身を潜めて待つほどもなく、最前鰻屋で別れたばかりの三人の浪人者が訪れた。大方、夜を待ちかねて下見に訪れたのだろう。満面に下卑《げび》た笑いを滲ませた三人は、旅籠の場所を確認すると、そのまま何処かへ立ち去った。

おそらく、近くの居酒屋か蕎麦屋にでも入って、約束の刻限まで時間をつぶすつもりだろう。

(さすがに、日のあるうちは手を出すまい)

三郎兵衛も近所をぶらつきながら夜を待つことにした。

もとより、旅籠の主人を訪ね、自分は火盗改《かとうあらため》の与力で、かねてより探索を行《おこな》っていた盗賊の一味がここに逗留していることを突き止めた、今夜にでも捕らえに来るので、少々騒がしくなるかもしれぬが気にせぬように、と告げておいた。

三郎兵衛の面構えは充分火盗改の与力で通用する。主人も、信じた。

やがて時が過ぎ、この世のすべてが夜の帳《とばり》に包まれる。悪事を働くにはお誂《あつら》えの闇夜であった。

三郎兵衛が旅籠の傍《かたわ》らに潜んで待つほどもなく、甘い蜜の匂いに誘われた悪党どもがやって来る。いくら安宿といっても、深夜ともなれば閂《かんぬき》くらいはかけるだろう。それが、易々と表の戸口から侵入できたのは、蓋《けだ》し娘の叔父の仕業であろう。

三人の悪党は宿に侵入した。

少し遅れて、三郎兵衛も侵入する。朝が早い行商人ばかりが泊まる宿だ。当然寝静まっているので、起きて息をしている者の気配を容易に察することができる。

足音を消して階段を登ると、三郎兵衛は真っ直ぐその部屋へと向かった。

「…………」

「おい、俺が先だ」

「俺だ、俺だ」

「なに言いやがる。頭《かしら》は俺だぞ」

「誰からでもいいから、早くしろッ」

叔父の低い怒鳴り声がする。

三郎兵衛は足音を消したままで部屋に近づき、中を窺う。

既に三人の破落戸たちから四肢を捕らえられているであろうに、娘の抗《あらが》う声が全く聞こえてこないのは、叔父に一服盛られたためだろう。

（ったく、なんという輩《やから》だ。恥を知れ）

そっと襖《ふすま》を開けて中に入ると、部屋隅《すみ》の行灯《あんどん》が小さく灯り、中の様子ははっきりと見てとれた。

娘の寝床を蔽《おお》う屏風《びょうぶ》は取り払われ、醜悪な光景が丸見えだった。

「な、なんだ貴様は――」

入口近くにいた叔父が三郎兵衛を見て顔色を変えるが、その刹那、

「黙れ」

襟髪《えりがみ》を摑んで叔父を引き寄せざま、その鳩尾《みぞおち》へ一撃、当て身をくれた。叔父は即ち昏倒《こんとう》する。

「おい、俺が先だって言ってるだろうが」

「うるせえ、こうなりゃ、早いもん勝ちだ」

「だから、頭の俺が先だろうよ」

それぞれに娘の体をまさぐりながら、なお醜《みにく》く言い争う男たちは三郎兵衛の侵入に全く気づいていない。

「誰でもねえ、俺が先だ」

背後から低く囁くと、

「…………」

三人は同時に手を止め、揃って三郎兵衛を振り向いた。

「薄汚ねぇゲスどもが、恥を知れ」

三郎兵衛が低く呟《つぶや》くのと、三人の破落戸が異口同音《いくどうおん》に、「ギャッ」と呻《うめ》いてその場に倒れ込むのとが、ほぼ同じ瞬間のことだった。

三郎兵衛の手中にある脇差の鐺《こじり》が、一人の鬢《びん》のあたり、一人の鳩尾、一人の脾腹《ひばら》あたりを、それぞれ瞬時に激しく叩いていた。

「痛ッ」

「いてててて……」

「なんだ、てめえはッ」

「火盗改だ」

三郎兵衛が答えた瞬間、苦痛に呻いていた三人が瞬時に我に返り、互いに顔を見合わせる。何れ《いず》脛《すね》に傷のある悪党のこと。火盗改と聞いて、焦らぬわけがない。

「お前ら、どうせ他にも、たんまり悪事を働いてるんだろう。……じっくり聞かせてもらうことになるぜ」

凄味をこめた三郎兵衛の言葉が言い終わるか終わらぬかというあたりで、三人は揃って立ち上がり、直ちに部屋から出て行こうとするので、

「おい、待て——」

一人の足下を脇差で払って転ばせる。

「どうせ逃げるなら、そいつも連れてってやれ」

と、鐺で示した先に、最前三郎兵衛が昏倒させた叔父が倒れている。

「置いていけば、そいつの口から、うぬらの悪事のすべてが露見するぞ」

三郎兵衛に指摘されて、三人は明らかに動揺した。

そして、言われるがまま、昏倒している叔父を助け起こしてともに逃げ出した。三郎兵衛のことを、火盗改の与力と信じきっているに違いない。

(やれやれ……)

嘆息まじり、無意識に顧みたとき、三郎兵衛の全身から、瞬時に血の気が失せた。

浴衣《ゆかた》の裾を乱され、胸元も露わにされた娘が、咄嗟に摑んだ小太刀の切っ尖を、己の喉元《のどもと》へ突き立てんとしていたのだ。

「やめろッ」

言葉とともに飛びつきざま、三郎兵衛はその白く細い手首を摑みあげる。

「後生《ごしょう》で…ございます」

三郎兵衛の腕を逃れようと懸命に身を捩《よじ》りながら、娘は訴えた。

「卑しき者共に、この身を汚《けが》されたのでございます。最早《もはや》生きてはおれませぬッ。どうか、恥を雪《そそ》がせてくださりませ」

（一服盛られて前後不覚だった筈では？）

と疑いつつも、

「早まるな。そなたは未だ汚されてはいない」

娘の手首を摑んだままで、三郎兵衛は懸命に述べた。

「儂は、たまたまそなたの叔父上の悪巧みを知り、見て見ぬふりができずにここへ来た。そなたの操《みさお》を護ろうとして来たのだ。汚されたわけがないではないか」

「…………」

そのとき、三郎兵衛を見返した娘の白い面《おもて》を、はじめて直視した。意外なほどに美しく、露わになった肢体ともども、三郎兵衛を惑乱させるには充分だった。

「汚されましたッ」

娘は真っ直ぐ三郎兵衛を見返して言った。

「あやつらの…あやつらの汚らわしい手が、この肌をまさぐり、膚《はだ》を弄《いじ》くりまわしたのでございます。……汚されたのでございます」

「汚されてはおらぬ」

なお興奮気味に言い募る娘の耳許《みみもと》に、三郎兵衛は低く囁いた。

いまはひとまず、娘を落ち着かせねばならない。それには、娘と同じ声色語調で言い返してはいけない。

「儂は、直参旗本松波家の当主・三郎兵衛正春と申す。書院番を勤めておる」

なお低く、且つ生真面目な口調で淡々と名乗った。

「え……」

娘は幾分おとなしくなった。

「私は……」

名乗られれば即ち、自らも名乗らねばと思うのが、武家の者の習性だ。

「備前岡山藩池田家《びぜんおかやまはんいけだけ》の馬廻《うままわ》り方・新城七左右衛門《しんじょうしちざえもん》の娘で、千鶴《ちづる》と申します」

震える声音で、娘は名乗った。

乱れた鬢のほつれ髪が白い頬に後《おく》れて、ひどく艶《つや》っぽい。

「千鶴殿」

「はい」

三郎兵衛に名を呼ばれると、娘は素直に顔をあげて答える。

「お父上の仇討ちをせんとして、江戸に参られたか？」

「はい」

「では、仇討ち本願を果たすまでは、生きねばなるまい」

「はい……なれど――」

娘――千鶴は強張《こわば》った表情のまま、悲しげに三郎兵衛を見返した。

「あのような賤《いや》しき者たちに触れられただけで、我が身の恥でございます。……汚れた体で仇を討ったとて、亡父は喜びませせぬ」

「そうは言っても、そなたの叔父上は、その賤しき者たちの仲間ぞ」

「………」

「叔父上のことを、頭から信じておられたか？」

鋭く問われると、千鶴には返す言葉がないようだった。

「薬を盛られたのであろう？」

「わかりません。夕餉を食べたら、急に眠くなりました」

辛うじて答え、千鶴は再び口を閉ざす。

（薬を盛られても完全に意識を失わなかったのは、体質故か？）

三郎兵衛は密かに首を捻《ひね》る。

千鶴は黙り込んだまま、少しく顔を顰めている。

自害を止めようと、咄嗟に摑んだ三郎兵衛の手に力が入りすぎていたことに、三郎兵衛自身が気づいていない。

「如何なされた？」

三郎兵衛は訝《いぶか》った。

千鶴に口を閉ざされると、どう扱ってよいのかわからず、とても困る。

「怪我でもされたか？」

千鶴は無言で首を振る。

「松波様」

三郎兵衛をじっと見つめ返しつつ、千鶴は再び口を開いた。

「まこと私は汚されてはおりませぬか？」

「ああ、汚されてはおらぬ」

「確かに？」

「ああ、確かに――」

三郎兵衛が頷くや否や、千鶴は不意に、彼の腕の中へと身を投げてきた。

「では、お確かめくださいませ」

「え？」

「私の体が汚されているかどうか、あなた様が確かめてくださいませ」

「…………」

「後生でございます」

「な、なにを……」

いい歳をして、三郎兵衛は戸惑った。

千鶴の必死な瞳がなにを言わんとしているか、もとよりわからぬ三郎兵衛ではない。

だが、わかったからといって、千鶴の望みをかなえられるわけではない。寧《むし》ろ、かなえてはいけない、と思った。

(娘ほどの歳の女だぞ……)

という思いが、さすがに歯止めを掛けていた。

そうでなければ、易々と己の欲望に負けていたことだろう。腕の中で身を震わせる娘の肢体には、充分それだけの魅力があった。

三

千鶴を市ヶ谷の旅籠から連れ出した三郎兵衛は、虎《とら》の御門《ごもん》外の池田家の藩邸に事情を話してその身柄を預けた。

三郎兵衛が睨んだとおり、千鶴の叔父の千右衛門《せんえもん》は、仇討ちの件を藩邸に届け出てもいなかった。

「ぐずぐずしていては、肝心の仇を取り逃がす。儂は奴の居所を知っている故、早ければ明日にでも本懐《ほんかい》を遂げられる筈だ。藩への届け出は、奴を討ち果たしてからでも遅くはあるまい」

という千右衛門の言葉に奇異を覚えなかったのは、千鶴の世間知らずもあろうが、一日も早く本懐を遂げたいという逸《はや》る気持ちの現れでもあったろう。

三郎兵衛が独自に調べはじめてほどなくわかったことだが、千鶴の父を殺したとされる播州《ばんしゅう》浪人の江見善十郎《えみぜんじゅうろう》なる者は、千右衛門が江戸で連《つる》んでいた悪仲間の一人であった。

なんと、昨晩、千鶴を犯しにきた破落戸の一人だったのである。

それを知ると、千鶴はさすがに青ざめた。

「まさか、叔父上がそれほど父や私を憎んでいたとは……」

「どういうことだ？」

「叔父の千右衛門は、父とは同い年でありましたが、実は父よりも数日早く生まれていたそうなのです。ですが、側室の子ということで次男とされてしまい、それを恨むあまりに叔父の母上は憤死され、以来叔父上は、父と父の家族をひたすら憎んでいたそうです。……父が、辻斬りのような江見に殺され、仇討ちに出立《しゅったつ》しようとする際、元の許婚者《いいなずけ》が教えてくれました」

「そなた、許婚者がいたのか？」

「はい。親同士の決めた。……ですが、私が仇討ちに出向くと決めたとき、破談にしていただきました。生きて帰れるかどうか、わかりませぬゆえ」

「許婚者は、助太刀《すけだち》を申し出なかったのか？」

「…………」

一瞬間答えを躊躇ってから、

「巻き込みたくない故に、破談にしていただきました」

やや強い語調で千鶴は答えた。

強い語調とは裏腹なその暗い表情から、

(許婚者は、およそ武芸に縁のない軟弱者だったのだろう)

ということを、三郎兵衛は察した。

だが、軟弱者でも、昔のことを必死で調べて千鶴を止めようとしたのだから、蓋し善良で良識のある青年だったのだろう。

「許婚者殿は、そなたとさほど歳が変わらぬのであろう? 何故昔のことを知っていたのだ?」

「私のためを思い、調べてくれたのでございます。……亡き父を憎んでいた叔父とともに仇を追うなど、危険だからやめろと言って止めました」

「何故その忠告を聞かなかった?」

「憎んでいるといっても、血の繋がった兄弟ではありませぬか。……それに、私は父の仇討ちさえ遂げることができれば、家督は叔父上に譲ってもよかったのです。それ故、許婚者との婚約を破談にしたのです。……まさか叔父上が、復讐のために父の仇討ちまで利用しようとするとは……」

「というより、そもそも叔父上が、江見とやらいう浪人を唆《そそのか》してお父上を殺害したのではないのか」

「…………」

身も蓋もない真実は、おそらくいまの三郎兵衛であればあえて口にはしなかったであろう。

だが、二十年前の彼は、五十を過ぎてもまだ多少迂闊《うかつ》なところがあった。

そもそも、迂闊で軽はずみなところがあるからこそ、鰻屋の座敷で隣室の会話を盗み聞き、義憤にかられ、放っておけないと思ったりしたのであろう。

「それで、どうする？」

三郎兵衛が不用意に発した言葉にすっかり意気消沈した千鶴を見て、慌てて話題を変えたが、とき既に遅かったであろう。

「え？…どう、とは？」

千鶴は戸惑った顔で問い返した。

「どうとは、どういう意味でございます？」

「本気で、仇討ちをなされるつもりがあるかどうか、ということだ」

「勿論、あります！」

「だが、仇は最早江見一人ではないぞ」

「…………」

「江見の後ろには、叔父上がいると思うたほうがよい」

身も蓋もないと承知の上で、三郎兵衛は再度念を押した。

仇討ちを諦めて国許《くにもと》に逃げ帰るというのであれば、好きなだけ傷つき、落ち込んでいればいい。

だが、あくまで仇討ちをするとなれば、話は別だ。やるからには、叔父が敵《かたき》の一味なのだという事実をしっかり受け止めておかねばならない。肉親の情など、最早どこにも存在しないのだ。

相手は、実の姪を相手にあれほど悪辣《あくらつ》な罠をしかけた男だ。僅かでも肉親の情が残っているのではないか、などと甘い期待を抱いていると、必ず足下《あしもと》をすくわれる。

そんなことになるくらいなら、はじめからなにもせぬほうがよい。

それ故三郎兵衛は、あえて冷たい言葉で千鶴に決意を促《うなが》した。若い娘の心を傷つけると承知の上で。

だが、そのとき千鶴は、

「わかっております」

黒水晶のような瞳に強い光を漲《みなぎ》らせながら、きっぱりと答えた。

武士《もののふ》の、眼であった。叔父に対するあらゆる感情が吹っ切れたのであろう。

「私は、必ずや父の仇を討ちます。それが、何処の誰であれ、討ち果たします。……たとえ血の繋がった叔父であれ、仇は仇です」

「そ…うか」

一瞬間、三郎兵衛が気圧《けお》されたほどの、強い眼であった。

「よくぞ申された。それでこそ、武家の娘御じゃ！」

一瞬後、三郎兵衛は思わず手を打っていた。

「ならば、明日にでも奴らの隠れ家に案内《あない》いたそう」

「いいえ」

だが、千鶴は激しく頭《かぶり》を振った。

「いますぐにでも、お連れいただけませぬか、松波様」

「いますぐか？」

三郎兵衛はさすがに困惑した。

既《すで》に五ツを過ぎようとしている。

「はい、いますぐに。……松波様にお助けいただいてから、一両日が過ぎております。叔父たちは、松波様のことを火盗改の与力と思って逃げ出したのでございますね？」

「あ、ああ、そうだ」

「で、ありますれば、叔父とその仲間は、早々に江戸から出奔《しゅっぽん》しようとするのではないでしょうか」

「なるほど」

「少なくとも、私ならばそういたします。私の何倍も悪知恵に長けた叔父であれば、況《ま》してや……」

「わかった。お連れしよう」

千鶴の炯眼《けいがん》に内心感服しながら、三郎兵衛は肯《うなず》いた。

もとより、奴らの隠れ家が、最初に会った神田の鰻屋の近くであることは予想できたので、そのあたりの町家をあたってみた。そして、存外あっさり、突き止めた。

千鶴を藩邸に送ったその帰りのことだった。

四

千右衛門らの隠れ家は、神田鍛冶町《かじちょう》一丁目の通りを二本ほど逸《そ》れた裏路地にあった。

数年前に大家《おおや》が死に、ほぼ空き家となった裏店《うらだな》の一室である。

その部屋の前に立つと、三郎兵衛は躊躇いもなく戸板を蹴破った。

「うぉ……」

驚きの低い呻きとともに、中にいた連中は、揃ってこちらを顧みる。

間口九尺、奥行き二間の狭い割長屋の中に、大の男が四人いた。顔はよく覚えていないが、おそらくあの夜の連中だろう。

その中には、勿論千鶴の叔父の千右衛門もいた。

「なんと、千鶴ではないか。……ほう、あのときの御仁《ごじん》も一緒か」

千右衛門は、己が陥《おとしい》れようとした姪の無事な姿を目の前にしても、少しも悪びれなかった。

「男を引き込んで味方につけるとは、世間知らずの小娘にしては、なかなかやるではないか。それとも、その体で籠絡したか？　うはははは……はがッ――」

千右衛門の下品《げひん》な笑いは、だが途中で途切れることとなった。

それ以上千鶴の耳に入れたくないと判断した三郎兵衛が、すかさず拾いあげた小石を放ち、それが眉間に命中したのだ。千右衛門は即ち昏倒した。

千鶴を女郎に売りとばす計画が頓挫《とんざ》した上、火盗改に目をつけられたと思い込んだ千右衛門とその仲間たちは、さっさと江戸からずらかるつもりだったのだろう。千右衛門以外の者は、せっせと旅支度の真っ最中であった。

もし明日に延ばしていたら、奴らは既に出立していたかもしれない。

すぐに向かいたい、と主張した千鶴の勘の良さに、三郎兵衛は内心舌を巻いた。

「父の敵、江見善十郎、尋常に勝負せよ！」

凛《りん》とした口調で告げざま、千鶴は一歩前へ出た。

その手には、既に抜き身の小太刀が握られている。

(小太刀か)

三郎兵衛は内心溜め息をつく。

千鶴の腕がどれほどのものかはわからぬが、単純に、得物の長さの差が案じられた。

小太刀では、危険な間合いへ踏み込む以外に、大刀に勝てる見込みはない。だが、間合いへ踏み込めば、それだけ危険が伴う。

とはいえ、ここは屋内だ。

こうした修羅場に慣れた者であれば、屋内では刃渡りの短い脇差を用いる。

(が、場慣れしていない阿呆《あほう》は、反射的に大刀を抜く)

三郎兵衛が思った瞬間、江見は案の定反射的に大刀を抜いた。

抜いて即、上段に構える。

小太刀を構えた千鶴がその間合いへと踏み込むより前に、江見は上段に構えた大刀を振り下ろそうとした。

大刀の長さは通常二尺以上。ただ大きく振り下ろすだけでも、充分相手を威嚇できる。

が、江見の刀は、振り下ろされた次の瞬間、当然頭上の鴨居《かもい》に当たり、そのまま刃を鴨居の木目《もくめ》にのめり込ませた。

「え……」

刃を木目に打ち込んでしまった江見は、そのときになってはじめて己の失策に気づいたが、気づいたときにはもう遅かった。

「ヤッ」

短い気合とともに素早く懐《ふところ》に飛び込んだ千鶴は、先ず江見の胸のあたりに小太刀を突き入れ、ほぼ同じ瞬間引き抜きざまの切っ尖で首の根を裂いた。

どびゅッ、
頸動脈からの夥《おびただ》しい返り血を避け、千鶴はその場で小さく身を屈《かが》める。

「見事！」

三郎兵衛は思わず口走った。

口走ったものの、実際には肝心のその瞬間を三郎兵衛は見ていない。

江見の口から絶命の叫びがあがるや否や、脇差を抜いて千鶴に斬りつけようとする二人へ、先んじて殺到したのだ。

「お…ぎょ」

「げっへぇ」

三郎兵衛の鋭い切っ尖に鳩尾と脾腹を突かれた二人は、瞬時に絶命し、静かに頽《くずお》れた。

それから改めて江見の死骸を顧みて、千鶴の仕手の見事さに感心した。一つとして無駄な創《きず》はなく、最小限の攻撃で的確に急所を突き、絶命させていた。

「見事なお手並み。感服仕《つかまつ》った」

三郎兵衛は改めてそのことを褒めた。

「いいえ」

「千鶴殿？」

脇差を鞘に納めつつ、三郎兵衛は千鶴を顧みる。見事本懐を遂げたというのに、あまり晴れやかな反応を見せぬ千鶴が気になった。

「どうなされた？」

「………」

「叔父上を討つのは、さすがに気が進まぬか？」

「え？」

千鶴は驚いたように三郎兵衛を顧みる。

「叔父は、生きているのですか？　さきほどの松波様の石礫《いしつぶて》で絶命したのでは？」

少しく狼狽しているようだった。

勿論、生きている。確実に絶命させるなら、もうひとまわり大きな石にすべきだった。敢えて小さな石にしたのだ。

しかし、千鶴の様子を見る限り、もうこれ以上、叔父に生きていられても困惑する以外にないようだった。

「では、絶命させよう」

あっさり言いざま、三郎兵衛は千右衛門の襟髪を摑んで引き起こし、千鶴の手から小太刀を奪うと、その鳩尾へ、過《あやま》つことなくを突き立てた。

「んふ…ぐッ」

僅かに声は漏らしたが、既に昏倒しているのでさほど苦痛の色はみせず、そのまま静かに事切れた。

如何に気丈な千鶴でも、実の叔父が目の前で悶絶する悲惨な光景を目にしたくはないであろう。そう思って、素早く仕留めた。

叔父の恨みを承知の上でともに仇討ちの旅に出たからには、叔父を信じる――いや、信じたいと願う気持ちもあったのだろう。或いは、幼い頃から側《そば》にいて、たとえ表面上とはいえ、自分に優しく接してくれた叔父を、父同様に慕ってもいたのかもしれない。

その叔父が、亡き父同様に自分のことも憎んでいたというのは、千鶴にとって蓋《けだ》し衝撃であったろう。

折角《せっかく》本懐を遂げたというのに少しも嬉しそうでない理由を、三郎兵衛はそのように理解した。

町方を呼んで事情を説明し、死体の始末を終えるまで、千鶴はほぼ、問われたことにしか答えようとしなかった。

池田家の下屋敷まで送るあいだも殆《ほとん》ど話さず、門前で、

「では、千鶴殿。それがしはこれにて――」

三郎兵衛が別れを告げようとしたとき、漸《ようや》く彼を顧みた。

「松波様」

「千鶴殿」

もうここですべて終わった、というけじめの意味で、威儀を正して三郎兵衛は言った。

「天晴《あっぱ》れ、本懐を遂げられ、御祝着至極《ごしゅうちゃく》。お国許への道中、気をつけて行かれよ」

「お待ちください、松波様」

ところが千鶴は、星のような瞳を見る見る潤《うる》ませて、三郎兵衛に懇願した。

「しばし、ご休息くださいませぬか」

「え？」

「お願いでございます」

「しかし……」

「私が無事本懐を遂げられましたのは、なにもかも、すべて松波様のおかげでございます。せめてものお礼をさせていただきたく思います……酒肴《しゅこう》を差し上げたく存じますので、どうかしばしご休息を――」

千鶴の一途な眼差しと懸命に言い募る可憐さに、三郎兵衛は負けた。即ち、招かれるまま、長屋の部屋に上がり込んだのだ。部外者とはいえ、仇討ちの助太刀をつとめた三郎兵衛を、皆大目に見てくれた。

部屋に入ると、千鶴は手早く酒肴の仕度を調《ととの》えた。昼間のうちにある程度仕度しておいたのだろう。

竈《かまど》に火を熾《おこ》す手間を嫌って酒は冷やのままだったが、肴は仕出しのものらしい煮物や蒸し物が数品添えられていた。

「松波様にお助けいただきましたこと、生涯忘れませぬ」

「そんな……大袈裟《おおげさ》だ」

千鶴が注いでくれる酒を飲み干しつつ、三郎兵衛は困惑した。

「大袈裟ではございませぬ。……松波様がいらっしゃらねば、私は今頃、女郎に売られておりました」

千鶴は濡れた瞳で三郎兵衛を見つめている。

「それもこれも、そなたの心がけが殊勝であるが故のことだ。儂は通りすがりのお節《せっ》介《かい》にすぎぬ」

千鶴のその一途な瞳を逃れたい一心でぞんざいに言い返したつもりだったが、

「そのお節介のおかげで、私は救われました」

千鶴は更に真摯な思いをこめ、三郎兵衛を見つめてくる。

「…………」

三郎兵衛は容易《たやす》く惑乱した。

矢張《やは》り酒など飲まねばよかった。ほんのひと口でも飲めば酔いがまわり、なにが起こったとしても、言い訳ができなくなる。

いや、そうではない。寧ろ言い訳を作るために、三郎兵衛は酒を口にしたのだ。

そうでなければ、憂いを浮かべた千鶴の貌《かお》を恐れながらも、一方で激しく惹《ひ》かれてしまう筈がない。

「千鶴殿」

「後生でございます、松波様」

「…………」

「どうか、私を……」

言いかけて、さすがに途中で言い淀んだのは、武家の娘故の恥じらいであろう。

が、躊躇ったのはその一瞬だけで、すぐに己を奮《ふる》い立たせると、

「松波様」

三郎兵衛の胸に、自ら体を預けてきた。

夢中で身を投げてくる娘の体を、三郎兵衛は咄嗟に抱き止めた。柔らかく儚《はかな》く――

それでいて、いまにも弾けそうに若々しい肢体であった。

「千鶴殿」

「どうか……」

数日前、己の体が未だ汚れていないかどうか確かめてほしいという懇願は、辛うじてはねつけた。落花狼藉《らっかろうぜき》寸前だった娘の、混乱と狼狽《ろうばい》の果ての戯言《たわごと》と判断して、懸命に堪えた。

（そして、今宵もまた……）

千鶴は狼狽している、と三郎兵衛は思った。父の仇討ちとはいえ、おそらく生まれてはじめて、人をその手にかけたに違いない。のみならず、血の繋がった叔父が目の前で命を落とした。動揺していないわけがない。

その動揺の故に、父親ほどの歳の三郎兵衛に抱擁されることを願っているのだ。

それ故、

（つまり俺は、この娘にとって父親のようなものなのだ）

と己に言い訳しながら、千鶴の震える肩をしっかり抱き止めていた。

だが、抱き止め、強く抱き締めた瞬間、千鶴の体に焚《た》きしめられた清らかな――おそらく沈香《じんこう》だろうか――香りが、三郎兵衛を惑乱させた。もしそれが、吉原の妓女が好んで焚くような甘く悩ましい香りであれば、三郎兵衛を狂わすことはなかったであろう。

（だが、所詮《しょせん》はそれも言い訳だ）

ということが、三郎兵衛にはわかっている。

「…………」

そのとき、千鶴がなにか囁いた。

殆《ほとん》ど聞き取れぬほどか細い声音ながら、三郎兵衛にはそれが、淫靡《いんび》な誘い言葉のように聞こえた。よく考えれば、武家育ちの千鶴がそんな卑猥な言葉を口走るわけもないのだが、そうとでも思い込まねば、三郎兵衛にはどうしても一線を越えることができなかったであろう。

（なんのことはない。惚れたのだ）

すべてを終えたあとで、今更ながらに己に言い聞かせたのは、せめてもの男の意地だった。

五

一度男女の契《ちぎ》りを結んだからは、すぐにも行動を起こすべきだった。

即ち、千鶴を娶るためのさまざまな手続きを直ちに行うべきだった。

だが、三郎兵衛はそうしなかった。正確には、できなかったのだ。ひょんなことから娘ほどの歳の女と出会い、惚れてしまい、あっさり関係してしまった。少なくとも、五十を過ぎた男の為すべきことではない。その自覚があればこそ、己の所業が恥ずかしくて仕方なかった。

その恥ずかしさ故に、三郎兵衛は数日我が家で懊悩《おうのう》していた。

(娘ほどの歳の若い女を娶ったとて、よいではないか。そもそも俺は、そういう男だ)

漸く覚悟を決め、池田家の下屋敷を訪れたときには、既に千鶴は国許に出立したあとだった。

(遅かった)

という悔恨は、三郎兵衛を些《いささ》か執拗《しつよう》にした。

本懐を遂げて帰参したとしても、女子である千鶴には、家督を継ぐ資格はない。許婚者とは既に破談している。帰参したとて、そこに千鶴の未来はないのだ。

それ故千鶴が江戸を発ってしまってから、三郎兵衛はそれとなく池田家に探りを入れた。

馬廻り役の新城家の娘の消息を知ろうとしたのだ。消息さえ知れれば、しかるべき仲人をたてて婚姻を申し込むことができる。

「新城家の千鶴殿といえば、城下では才色兼備で知られたお方でございますよ。その上武芸にも秀でておられるため、《巴御前《ともえごぜん》》とあだ名されておられた」

池田家の用人は、当初は三郎兵衛に対して親切であり、己が知る限りのことをすらすらと教えてくれた。

相手は一応千石取りの旗本の当主だ。無下《むげ》にはできなかったのだろう。

だが、あるときから、様子が違った。

「新城家のご息女・千鶴殿は、どうやら殿のおぼえもめでたく、奥女中たちの教育係としてお城にあがられるようでございます」

にべもない返答に、三郎兵衛は失望した。

(そうか)

たとえ、家督を継ぐことがかなわぬ女子だとしても、天晴《あっぱ》れ烈女として、人々からは尊崇される。婿になりたがる者も、少なくないだろう。池田公も、おそらくそうした者の誰かと娶《めあわ》せ、新城家を継がせようとしたのだろう。

だが、千鶴はそれを望まなかった。

理由はわからないが、多少は三郎兵衛に心を残していたが故だと思いたい。

婿をとることを頑として拒む千鶴に無理強《むりじ》いもできず、苦肉の策として殿中に召すことにしたのだろう。

そうでもしなければ新城家は途絶え、仇討ちの栄誉も失われてしまう。

だが、城勤めをすれば、女子であっても、養子をとることが許される。新城家の名は残るのだ。

(はじめから、縁がなかったのだな)

いつしか三郎兵衛は千鶴を忘れた。

たった一夜限りの女であれば、吉原の遊女と変わらない。遊女との縁《えにし》など、所詮泡《うた》沫《かた》の夢のようなものだ。

三郎兵衛が泡沫の夢から覚めたとき、冷たい現実が彼の眼前に立ちはだかることになる。

嫡男の勘兵衛が、突如不慮の死を遂げたのだ。

それが、三郎兵衛と千鶴の、出会いから別れに到るすべてである。

一時はあれほど恋い慕った女のことを、二十年の歳月を経て、ろくに名も思い出せぬほど忘れ果てていた己を、三郎兵衛は激しく恥じたが、

（まさか、子を産んでいたとは――）

俄《にわか》には信じ難かった。

江戸で子を産み、たった一人で育てていたとすれば、備前での城勤めはどうなったのだろう。

勘三郎は、千鶴が娘たちに芸事を教えて生計を立てていたと言うが、寄る辺《べ》のない江戸の地で、未婚の娘がたった一人で子を産み、育てるのはどれほどの苦労であったことか。

（何故、いままで会いに来なかったのだ？）

嫁入り前の娘が、正式な婚姻前に子を孕《はら》めば、即ちそれは不義の子だ。世間体が悪くてとても国許にはいられないだろう。

だが、そういう理由で江戸に出て来ていたのなら、真っ先に三郎兵衛を訪ねて来ればよかったではないか。

なのに千鶴は来《こ》なかった。

（儂を、信ずるに足りぬ者と思ったのか？）

三郎兵衛にはそれが悲しかった。

そして、もう二度と会えない。

「千鶴殿……母上を殺した下手人は、必ず儂が探し出し、そちに仇を討たせてやるぞ、勘三郎」

三郎兵衛の言葉に、若い勘三郎の瞳が忽ち輝きだす。

「それはまことでございますか！　父…いえ、松波様」

「父と呼べ、勘三郎」

思わず強い語調で言ってから、

「千鶴殿の子であれば、間違いなく我が息子じゃ。父と呼ぶがよい」

三郎兵衛は口調を改め、更に言った。優しみのこもった、父から子に向けて発せられた言葉であった。

「父上ッ！」

両目に涙を溜めた勘三郎が、次の瞬間真っ赤な顔で三郎兵衛に呼びかけたことは、言うまでもない。

それほど似ているわけではないのだが、三郎兵衛を見返すその瞳が、はじめて出会ったときの千鶴の瞳と、寸分違わず、重なって見えた。

第二章　叔父と甥

一

「なあ、桐野《きりの》、お庭番て、ちょっと昔のことでも簡単に調べられるのかな？」

やや思いつめたような勘九郎の言葉に、桐野はすぐには答えなかった。

例によって、木の上で身を潜《ひそ》めているものの、聞こえていないわけではない。身を潜めているところを易々と見破られたことに気を悪くし、無視するつもりでもない。

（お若いのう）

勘九郎の心中が手にとるようにわかるだけに、それが些《いささ》か微笑《ほほえ》ましく思えたのだ。

それ故すぐには返答しなかった。

思いつめた勘九郎を、もう少し愉しみたかったからだが、

「また無視かよ、桐野ーッ」

すぐに返答を得られぬことに業《ごう》を煮やした勘九郎は、忽《たちま》ち声を荒げて喚《わめ》きだす。

「答えろよ、おいッ」

「…………」

「答えろよ、桐野ーッ」

「おやめなされ、若」

仕方なく、勘九郎の側《そば》へと降り立ちざま、桐野は軽く窘《たしな》めた。

「皆様、寝静まっておられる時刻ですぞ」

「爺《じじい》たちなんざ、起きやしないよ。どうせ耳が遠いんだからよう」

不貞腐《ふてくさ》れたように言い返す勘九郎が、桐野には一層微笑ましい。

「お静かになさらねば、なにもお答えできませせぬ」

「わかったよ」

勘九郎は渋々肯《うなず》く。

「それで、どれくらい昔のことを調べろとおっしゃいます？」

なにもかもわかっていながら、素知らぬていで桐野は問い返す。

「決まってるだろ。二十年くらい前のことだよ」

「二十年前の、御前と、備前岡山藩馬廻り役のご息女のことでございますか」

「わかってんなら、いちいち聞き返すなよ」

縁先に腰を下ろしざま、勘九郎は激しく舌を打つ。

「当然、調べることはできますが――」

「できるのか？」

「はい」

「じゃあ！」

「ですが――」

「なにか差し障りがあるのか？」

「いえ、既《すで》に調べてございます」

「え？」

「三日ほど前、御前《ごぜん》から、全く同じ命《めい》を承《うけたまわ》りました。『二十年前、備前岡山藩に新城某《なにがし》という馬廻り役が実在したか、実在したならば、その新城家に、当時《巴御前》とあだ名された、城下でも評判の千鶴という一人娘が存在し、父の仇討《あだう》ちを果たした事実はあるのか』と――」

「祖父《じい》さんが？」

「はい」

桐野は肯く。

「ふうん……じゃあ、奴の言うことを頭から信じ込んで、年甲斐《としがい》もなく浮かれてるわけじゃなかったんだな」

勘九郎は少しく落ち着き、いつもの彼の表情に戻る。

「御前は、いたって冷静でございますよ」

「そ…うかな。だといいけど……」

軽々しく騒いだのは己のほうだった。勘九郎は恥じ入り、目を伏せた。

「それで……もう調べたのかよ？」

目を伏せたままできまり悪げに勘九郎は問う。

「池田家ほどの御大身《ごたいしん》でしたら、藩士の身許《みもと》は皆、はっきりしておりますし、過去の記録もしっかり残っておりますから、容易《たやす》いことでございます」

「岡山まで行って、古い記録を盗み読みしたの？」

「岡山まで行かずとも、江戸藩邸の古書蔵で充分でございます」

「藩邸だって、忍び込むのは大変だろう。御大身なら、警備も厳重だろうし――」

「なにも後ろ暗いところのないお家は、厳重な警備などいたしませぬ。池田家は、宗家三代・光政公《みつまさ》を筆頭に代々名君が続き、御当代の継政公《つぐまさ》も信心深い御賢君《ごけんくん》にございます。お屋敷内の雰囲気は、いたっておおらかなものでございました」

「そ、それで？」

桐野の丁寧な言葉すら邪魔だとばかり、勘九郎は身を乗り出す。

「享保元年六月の日誌に、『馬廻り役・新城掃部《かもん》の息女、仇討ちのため出府』とありました。どうやら、身許は偽っておらなんだようでございます」

「ふうん」

勘九郎は一旦不満顔で肯いたが、

「けど、それだけじゃ、あいつが本当に祖父さんの子かどうか、わからねえだろう」

すぐに語調厳しく言い募る。

「あいつとは、勘三郎殿のことでございまするか」

「名前なんか呼ぶなよ、腹立つな」

勘九郎は忽ち子供のように拗《す》ねた顔になる。

「あんな奴……」

プイと顔を背《そむ》けたところは、子供が駄々をこねているようにしか見えない。

「では、なんとお呼びします？」

仕方なく、宥《なだ》める口調で桐野は問う。

「そんなの、まだ本物かどうかわからねえんだから、なんとも呼ばなくていいんだよ」

「しかし、それでは……」

「ああ、だったら、俺の親父が太郎《たろう》なんだから、次郎《じろう》でいいだろうがよ」

「次郎殿、でございますか？」

「いいよ、次郎でも、三郎《さぶろう》でも。……祖父さんに、他にも隠し子がいなかったとは限らねえからな」

「…………」

「勘違いすんなよ、桐野。俺は、俺の親父の他に祖父さんの息子がいるのがいやだってわけじゃねえんだぜ。祖父さんは、親父の母上を亡くしてから、ずっと独り身だったんだ。外でいくらか羽目を外したからって、誰にも責められねえよ。……男として役立たずだったなら兎《と》も角《かく》、そうじゃねえなら、他に子を作ってたって仕方ねえってことくらい、わかってんだよ」

物わかりの悪い子供だと思われるのがいやで、勘九郎は懸命に言い募った。

言えば言うほど、桐野にあきれられるということもわかっていながら、言わずにはいられなかった。

「わかってるけどよう、どうしても、あいつが気にくわねえ。……どうせ名乗り出るなら、もっと早く来ればよかったじゃねえか。なんで、いまなんだよ。今頃になって名乗り出た理由が、母上が辻斬りに殺されたからだ？……そんなの、おかしいだろうが」

「若」

桐野は見かねて声をかけたが、

「もし本当に、あいつの母上と祖父さんのあいだに昔なにかあって、あ…あいつが祖父さんの子なんだとしたら、祖父さんが…か、可哀想《かわいそう》だろうが」

間断なく言い続ける勘九郎の言葉に、いつしか嗚咽《おえつ》が混じりはじめていることに、桐野はそのときはじめて気がついた。

「あいつの母上……千鶴さんて人に、祖父さんだってもう一度会いたかっただろうによ。……会いたくても、もう二度と会えないなんて、可哀想じゃねえか」

(なるほど、そういうことか)

勘九郎の怒りの理由が漸《ようや》くわかって、桐野は安堵した。と同時に、名状しがたい熱いものがこみ上げてきて、思わずもらい泣きしそうになる。

(馬鹿な。この私が――)

だが桐野は、瞬時にその思いを振り払った。

非情のお庭番が、若僧の甘い感傷に引きずり込まれてどうするか。

「俺だったら絶対しねぇよ。……母親が死んだあとで親父に会いに来るなんて、残酷なことは――」

言っているうちに、勘九郎はすっかり感情が高ぶってしまったのだろう。とうとう堪えきれぬ嗚咽が口をついた。

(なんと情の深い祖父と孫であることよ)

内心あきれ返りながらも、桐野は、いい歳をして童子の如く泣きじゃくる勘九郎に、愛《いと》おしさをおぼえた。

そのため、暫くは絶句したきり、言葉が口をついて出なかった。

勘九郎が自分よりも年若い叔父《おじ》とはじめて会ったのは、あれほど三郎兵衛が隠そうとしたにも拘《かか》わらず、勘三郎が松波家を訪れた、同じその日のうちであった。

勘三郎の来訪を告げるため、「一大事」だと騒ぎたてる黒兵衛の声は、もとより離れで寝ていた勘九郎の耳にも届いている。

（どうせたいしたことじゃないんだろ）

と思いつつも、暇だったため、庭からまわり込んで三郎兵衛の居間の外に立った。

そこで、俄《にわか》には信じ難い話を盗み聞いた。

（祖父さんに隠し子？）

それから更に庭を移動し、玄関近くの次の間《ま》の外に立った。三郎兵衛がそこへ移動したからにほかならない。

そして、すべてを聞いた。

二十年前祖父の身に起こったことを知り得ようはずのない勘九郎にとっては、その殆《ほと》んどを、己の想像力によって補完するしかなかったが。

「もしや、兄上でございますか？」

問題は、勘九郎をひと目見た瞬間の、そいつの第一声である。

勘九郎は一瞬間耳を疑った。

祖父とそいつの話は盗み聞いたが、未だそいつの顔は見ていない。

勘三郎の話をすべて鵜呑みにした三郎兵衛が、

「本日より、この屋敷で暮らせ」

と告げて、そいつに一室を与えてしまったことは盗み聞いたので知っていたから、何《いず》れ屋敷の何処《どこ》かで出会《でくわ》すだろうということも覚悟していた。

だから、夕餉《ゆうげ》の刻限、物珍しそうに屋敷の中を歩きまわっている勘三郎を見かけたとき、

(あいつかな?)

と、ぼんやり察した。

当たり前だ。屋敷内で、唯一見覚えのない顔なのだ。

意外だったのは、勘九郎は無視しようとしたのに、相手のほうから馴れ馴れしく話しかけてきたことである。

「兄上…ですよね?」

なんの屈託もない笑みを浮かべながら、そいつは自ら勘九郎に近寄ってきた。

髷《まげ》もぼさぼさの蓬髪《ほうはつ》のくせに、黒紋服を身につけている。借り物のように体に合っていないところをみると、着物も袴《はかま》も、大方損料屋《おおかたそんりょうや》で借りたものだろう。

直参《じきさん》のお屋敷を訪ねるのに、あまりにむさくるしい姿ではよくないと思ったのなら、笑止の至りだ。

(これまで、一体どんな暮らしをしていたものか)

ふと興味をいだいたのも束の間、

「兄上、ですよね？」

再び同じ口調で話しかけられ、勘九郎は我に返る。と同時に、

(誰がてめえの兄だって？)

すっかり気分を害していた。

「それがし、斎藤勘三郎と――」

「貴殿の甥《おい》でござるよ、叔父上《おじうえ》」

それ故、相手の名乗りを途中で強引に遮《さえぎ》った。

「え？　甥？」

相手は忽ち困惑する。

それこそが、勘九郎の狙いであった。

「拙者は、松波正春の嫡孫《ちゃくそん》、勘九郎正吉《まさよし》と申します。つまり、祖父殿の子息である貴殿にとっては、甥にあたりまする。以後お見知りおきを、叔父上」

「か、勘九郎殿」

全く悪意のなさそうな青年の表情が忽ち曇り、次いで驚愕に変わるのを見るのは、必ずしも心地よいことではなかった。

「も、申しわけございませぬ」

相手は即座にその場で両手をつき、大仰《おおぎょう》に詫びたのだ。

「なにも知らず、不躾《ぶしつけ》なことを申し上げました。どうか、お許しくださいませ」

「許すもなにも……拙者は、己が何者かを名乗ったまで。お立ちくだされ、叔父上」

「そ、そんな、叔父だなんて……そ、それがしのほうが年下でござる」

「年下だろうがなんだろうが、あんたは俺の叔父さんなんだよ」

些か凄む口調で言い放った瞬間、

「おい、なにをしている」

奥の部屋にいながら二人のやりとりを聞きつけたのか、忽ち三郎兵衛が駆けつけてきた。

着物の裾を翻《ひるがえ》して大股で歩くその様子は、到底古稀《こき》の老人には見えない。

それ故、勘三郎の目には、三郎兵衛が勘九郎の父親の如くに映るのであろう。況《ま》してや、己にとっては父なのである。

「祖父《じい》さん……」

「勘九郎、そちは儂《わし》にとって唯一無二の嫡孫じゃ。たとえどんなに愚かで未熟でも、この松波家の家督を継ぐのは貴様だ。それは変わらん」

「な、なんだよ、いきなり――」

勘九郎が気圧《けお》されたほど意気込んで、三郎兵衛は唐突に言う。

「それがわかっていながら、これまで苦労に苦労を重ねてきた年少の勘三郎を、罵《のの し》るのか？」

「誰も、罵ってなんかいねえだろうがッ」

「情けない。情けないぞ、勘九郎」

勘九郎の言葉もろくに聞かずに、三郎兵衛は頭から決めつけてくる。

それが、知らぬこととはいえ、二十年もの間放っておいた息子に対する申しわけなさからくる過度の愛情故だとわかっていても、勘九郎にはたまらなく腹立たしかった。

（ああ、そうかい、そうかい。わかったよ。あんたにとっては、二十年以上も馴染んできたこの俺よりも、今日突然現れたそいつのほうが可愛《かわい》いってんだな）

「うるせえな、くそジジイッ」

たまりかねて、勘九郎は怒声を発した。

「ほれ、見たことか。立派に罵っておるではないか」

「それは、祖父さんに対して言ってるだけで、そいつにはなにも――」

「おいおい、そいつというのは勘三郎のことか？　叔父上とは呼ばぬのか？」

三郎兵衛の態度は、まるで勘九郎を嬲《なぶ》り、煽《あお》っているとしか思えなかった。いつもの祖父ならば、決してそんな言い方はしない。

そして、いつもの勘九郎であれば、それくらいは容易に理解しただろう。理解し、祖父の心身になにかしらの異変が起こっていることに奇異を覚えた筈である。

が、このときの勘九郎にはそんな心の余裕は微塵もなかった。

それ故、投げつけられた言葉に素直に反応し、カッとなった。

「叔父上、叔父上、叔父上……こう言えば満足ですかね、お祖父様《じいさま》」

「おやめなされませ、若ッ」

漸く駆けつけてきた黒兵衛が制止したときには、もう遅かった。

「勘九郎！　貴様、なんじゃ、その態度はッ」

三郎兵衛が怒号を放ち、

「ああ、上等だよ。そこまで言うなら、家督もなにもかも、その実の息子に……叔父上に譲ったらいいだろうがよッ」

勘九郎も負けじと怒鳴り返していた。

売り言葉に買い言葉の暴言だったが、一度放たれてしまえば、容易には止まらない。

「なんだと、貴様！　本気で申しておるのか」

「ああ、本気だよ」

「たわけめッ」

「ふざけんな、クソ爺《じじい》ッ」

「ふざけておるのは貴様のほうだ、勘九郎ッ。いつまでも、儂が甘い顔を見せると思ったら大間違いだぞ」

三郎兵衛もまた、むきになって怒鳴り返す。

「おやめください、若」

対峙する二人の間に、黒兵衛がジリジリと割り込んでくる。

二人とも、黒兵衛に救われたというべきであろう。

ぶち切れた勘九郎が、思わず、

「こんな家、出てってやるよ」

と口走らなかったのは、怒りながらも、その一方で、三郎兵衛を案じる気持ちが完全に失われてはいなかったからにほかならない。

(あいつがもし、騙《かた》りの極悪人だったら、どうするよ？)

との疑いが、どうしても消せなかった。

消せぬ以上、自分がいま、屋敷を離れるわけにはいかない。

(あいつに、悪仲間が五十人もいて、夜中に裏口の閂《かんぬき》外されたら、終わりだぜ。

……いくら桐野がいて、祖父さん自身が八面六臂《はちめんろっぴ》の強者《つわもの》だとしても、屋敷に入られたら、もう終わりだ。最悪奴らは屋敷に火をかける）

屋敷に入るや否や、そこらじゅうに油を撒かれ火を付《つ》けられるかもしれないし、或いは五十人全員が野武士の如き強者という可能性もある。

それ故勘九郎は最後の一線で辛うじて踏み堪えた。

「夕餉の仕度《したく》が調《ととの》っておりますぞ、方々《かたがた》。……本日は、皆様が揃って夕餉をとられますよう、殿のお部屋ではなく、お台所の隣りのお料理の間に膳《ぜん》を用意してございます」

踏み堪えた勘九郎を瞬時に救ったのは、黒兵衛である。

「おお、善き哉」

救われたのは、三郎兵衛も同様である。

勘九郎との言い合いなどなかったかのような笑みを満面に滲ませて、黒兵衛に問うた。

「勘三郎が我が家に来たこの目出度《めでた》き日に相応《ふさわ》しい馳走を用意してくれたのであろうな？」

「も、もとより、近所で評判の仕出しをお取り寄せいたしました」

「おお、そうか。それは楽しみじゃのう」

三郎兵衛は自ら先に立って歩きだす。

一旦は怒りの鉾《ほこ》をおさめた勘九郎と、呆気《あっけ》にとられて二人の言い合いを見守るだけだった勘三郎も、黙ってそれに従うしかなかった。

二

(なにが評判の仕出しを取り寄せた、だよ。いつもの、まるで変わり映えのしねぇうちの飯じゃねぇかよ)

醬油《しょうゆ》で真っ黒く煮染《にし》められ、素材がなにかもわからなくなった煮物と、真っ黒く焦げた焼き魚。さもいわくありげに蓋《ふた》をされた椀の中身は、どうせ豆腐と葱の味噌汁だ。気のきいた仕出しの惣菜など、どこにも見あたらない。だが、

「わぁ、さすが御直参の夕餉は豪勢ですねぇ。……尾頭《おかしら》付きじゃありませんか」

席に着くなり、勘三郎が大仰に歓んだことで、その場の微妙な空気は瞬時に吹き飛んだ。

(本気か？)

勘九郎は終始疑いの目を以《もっ》て勘三郎を見ている。

この膳を見て、本気で豪勢な料理だなどと言っているとすれば、余程貧しい生まれ育ちということになるが、どうも言い方が白々《しらじら》しい。

(胡散臭《うさんくせ》ぇ野郎だな)

勘九郎は益々《ますます》警戒を強めて年下の叔父を見た。

よく、ものを食するさまを見れば、その者のお里が知れる、という。

もしかしたら、三郎兵衛もそれを見極めるため夕餉をともにしようとしているのかもしれない。

「あ、これは……」

不意に、勘三郎が声を上げた。

黒焦げの魚に箸をつけた瞬間のことである。

「鰈《かれい》ですね。大好物です」

「そうか。美味《うま》いか?」

「はい、とても——」

「そうか、そうか。それはよかった」

三郎兵衛は眼を細めてそれを眺める。

どう見ても、息子を見る父親の目ではなく、孫を愛でる祖父の目だ。

（なんだか、気持ち悪ぃな）

勘九郎は再びいやな気持ちになった。

もしかしたら、一番見たくない祖父の顔を見せられているのかもしれない。

「お前はどうだ、勘九郎」

「え？」

不意に呼びかけられて、勘九郎は戸惑った。

「飯は美味いか？」

「………………」

（美味いわけがねえだろ）

三郎兵衛の猫撫で声を薄気味悪く感じながら、勘九郎は黙って箸を動かしていた。

そういえば、勘三郎の箸の使い方は存外きれいなものだった。器用に魚の骨を除《よ》け、飯と魚の身とを交互に口へ運んでいる。

それは、彼がきちんと躾《しつ》けられるような環境で育ったということになる。

三郎兵衛の眼にも、当然そう映るのだろう。ご満悦の理由は、存外そんなところかもしれない。己の息子かもしれない男が、ひと目見てわかるほど行儀が悪かったら、やはりいやだろう。

「のう、勘三郎──」

「はい？」

「千鶴……いや、母上は、どのような料理がお得意であられたのかのう？」

「母上……母は器用な人で、なんでも上手《じょうず》に作ってくれましたが、それがしは、母の作るばら寿司がとりわけ好きでした」

「ほう、ばら寿司か。岡山の郷土料理じゃな？」

「はい。なんでも、池田のお殿様は質素倹約の方で、民にも臣下にも贅沢《ぜいたく》を禁じたそうですが、祝い事のときだけは、魚や野菜を酢飯に混ぜて食べたそうです。……江戸では、岡山と同じ材料は手に入らなかったそうですが、穴子《あなご》や海老《えび》や烏賊《いか》が入っていて、とても美味《おい》しゅうございました」

「野菜はなにを入れるのだ」

「筍《たけのこ》や牛蒡《ごぼう》でしょうか……それがしは、椎茸《しいたけ》を甘く煮たものが好きでした」

「美味そうじゃのう。儂も食してみたかった」

遠い目をして三郎兵衛は言い、勘九郎には到底見ていられなかった。

三郎兵衛の郷愁は、もとより未だ食したことのない岡山の郷土料理に対するものではなく、千鶴という故人に向けられたものに相違ない。そんなこともわからず、亡き母とその得意料理の話をする無神経な勘三郎のことが、再び疎《うと》ましく感じられた。

だが――。

そんな勘九郎の心中など三郎兵衛は露ほども知らず、

「勘九郎」

「なんだよ」

「お前、明日から勘三郎を手伝ってやれ」

「え？　手伝うって、なにを？」

「決まっていよう、辻斬りの下手人《げしゅにん》捜しだ」

「下手人？」

「勘三郎の母を殺した者を探し出すのだ」

「それは奉行所の……町方の仕事だろ」

「たわけめ。奉行所があてにならぬから、勘三郎が儂を頼ってきたのであろうが」

「知らねえよ、そんなこと」

「惚《とぼ》けるでないぞ、貴様が先刻、次の間の外で儂と勘三郎の話を盗み聞きしていたことを、知らぬと思うてか」

「…………」

勘九郎はさすがに絶句した。

矢張《やは》り食えない祖父だ。大方、わざと勘九郎に聞かせたのだろう。

はじめは隠そうとしたものの、どうやらそれが無理とわかると、進んで聞かせることにした。自ら説明するのが面倒だし、きまり悪くもあったためだ。

「辻斬りの下手人なんて、素人《しろうと》に見つけられるわけがねえだろう」

「お前は儂の密偵だ。素人ではあるまい」

「だからって、なんで俺が？　桐野がいるじゃねえか」

「桐野は、御公儀より遣わされたお庭番だ。私用を言いつけるわけにはゆかぬ」

「…………」

勘九郎は再度絶句する。

(今更、なに言ってやがる)

桐野には、これまでに何度も何度も私用を言いつけているではないか。

「どうせ暇を持て余しておるのだ。少しは人の役に立てい」

「…………」

「よろしくお願いいたします、勘九郎殿」

不愉快な勘三郎の言葉は、勿論《もちろん》無視するつもりだった。

が、どういうわけかそのとき、

「お任せくだされ、叔父上」

勘九郎は反射的に応えていた。

自分でも、あまりに無意識に応えてしまったため、呆気にとられてしばし二の句が継《つ》げなかった。

「よう言うた、勘九郎。それでこそ、血の通うた身内というものだ。……よかったのう、勘三郎、頼りになる叔父上が手伝ってくれるそうじゃぞ」

「はい、有り難く存じます」

（なに言ってやがる。そもそも、叔父上は、そっちだろうが、呆《ぼ》けたか、ジジイ）

勘九郎は心中激しく舌打ちし、次いで嘆息したが、もとより口には出さなかった。

「千鶴殿と思われる女人が、この十年ほど、小石川《こいしかわ》湯島天神下《ゆしまてんじんした》の一軒家で暮らしていたというのは、どうやら間違いないようでございます、若」

桐野の言葉に、勘九郎は内心安堵していたが、

「だが、その千鶴殿の息子と、いま我が家にいるあいつが本当に同一人物なのかを確

かめる術はあるまい」

　さあらぬていで、言い返した。

「その儀でしたら……。若は明日、次郎殿に同行して、小石川の家へ次郎殿の荷を取りに行かれるのではありませぬか？」

「それはそうだけど……」

　勘九郎に言われたとおり、桐野は勘三郎を次郎と呼んだが、勘九郎の顔つきは何故か冴えない。

「されば、近所の者の反応などを見れば、その家に住んでいたかどうかはわかるかと」

「そうだけど……」

「なにを案じておられます？」

「大身の旗本の御落胤《ごらくいん》になりすまそうと思ったら、近所の奴らを抱き込むくらいのことはするんじゃねえの」

「若は、次郎殿が松波家の家督を狙っているのではないか、案じておられますか？」

「別に、そういうわけじゃねえけど……」

「もしそういうことであれば、なにもお案じになられることはございませぬ。大殿は、若のお父上様亡き後、若をご自身の後嗣《こうし》として御公儀に届け出られておられます」

「ああ、祖父さんもそういうこと言ってたけどよう、じゃあ、俺が死んだらどうなるよ？」

「………」

　桐野は沈黙し、真顔で勘九郎を見返した。

　勘九郎の言わんとすることがわからぬ桐野ではない。わかるからこその、沈黙だ。

「もし俺が死ねば、この家には後継がいなくなる。そこへ、渡りに船の御落胤登場だ。祖父さんは手放しで歓んでるみてえだし……こんな家、乗っ取ろうと思えば簡単に乗っ取れるってことだよ」

「それは、あくまで若が亡くなられた場合の話でございましょう。……あまり不吉なことは仰《おお》せられませぬよう」

　そのとき桐野は、白い面《おもて》を僅《わず》かに翳《かげ》らせ、強い語調で窘《たしな》めた。

「若が亡くなられる理由がございませぬ」

「そ、そんなの、わかんねえだろ」

　日頃優しい桐野から強く窘められて、勘九郎はついむきになる。

「いくら俺だって、とんでもなく悪くて腕の立つ奴ら五十人くらいから突然狙われたら、助かりっこねえだろうが」

「私がお側にある限り、絶対に然様《さよう》なことには成り申さぬ」

「え?」

「たとえどのような輩《やから》が、五十どころか百でも襲ってこようと、防いでご覧に入れまする」

まったく桐野らしからぬ言葉が、突如その口から漏らされたことに、勘九郎よりも、口走った桐野本人が驚いていた。

そのため二人のあいだに変な雰囲気が漂い、しばし気まずい沈黙が流れる。

(な、なんだよ、桐野……)

無敵のお庭番から、絶対にお護りしますと言われて、悪い気はしない。しかも、見た目も女人のように妖しい、不思議な存在だ。

(そんなこと言うなよ)

言われて満更でもないどころか、少しく嬉しい。

だが、

「若は、次郎殿のなにを、それほどに恐れておられます?」

桐野はいつもの桐野の顔つき口調に戻り、冷ややかに問いかけた。

「べ、別に、恐れちゃいねえよ」

「恐れるが故に、お案じなさるのでございましょう」

「………」

「次郎殿は、私の拝察しますところ、さほど武芸の腕もなく、いまのところ、学問の素養もさほど積まれておられぬ凡庸《ぼんよう》なお方にすぎませぬ。ただ、大殿にとっては、思い出のある大切な女人が産んだお子だということだけでございます」

まるで、朗々と謡《うたい》でもうたいあげているかの如く美しく動く桐野の唇を、半ば呆気にとられて見つめていた勘九郎であったが、つと思い返すと、

「いや、あいつは、あやしい」

存外冷静な口調で述べた。

「辻斬りの下手人を捕まえたいから、南町奉行の祖父さんを頼ってきた、って言ったんだぜ。……他の役職なら、兎も角、祖父さんが町奉行だったことを、あいつは知ってた」

「町奉行は、江戸に住まう庶民にとって、最も身近な役職でございますれば――」

「だからあやしい、って言ってんだよ。江戸の町衆なら、老中や若年寄の名前は知らなくても、町奉行の名前を知らねえってほうはねぇんだよ。奉行が代替わりしたこと

くらい、当然知ってる筈だろう。そもそも町奉行は、北も南も、奉行所にくっついた役宅で暮らすんだからな。……そんなこたあ、江戸っ子なら、五つ六つの子供でも知ってるだろうが」

「…………」

桐野は無言で勘九郎を見返した。

もとより、彼の言いたいことは、よくわかっている。

「なのにあいつは、祖父さんが、南町のお奉行だってことを思い出して、この屋敷を訪ねて来た、って言ったんだぜ。どう考えたって、おかしいだろうが。……ところが祖父さんは、不意に降って湧いた息子可愛さで目が眩《くら》んで、そんなことにも気づいちゃいねえ」

「確かに」

あっさり肯いたあとで、

「ですが、たとえ長年江戸に暮らす者であっても、町奉行の名を知らぬ者はおりますし、歴代の町奉行が奉行所内の役宅で暮らさねばならぬことを、江戸に住まうすべての者が知っているとは限りませぬ」

桐野は身も蓋もないこと述べた。

「桐野……」

勘九郎は絶望的な気分に陥《おちい》った。

最前の桐野の発言があるだけに、勘九郎にしてみれば、優しく抱擁された直後、冷たく突き放されたような心地である。

「ですが、若のお疑いは、ごもっともにございます。それ故、私の配下を呼び寄せました」

「え？」

突き放された直後に、再び抱擁される。

これでは妖女に玩《もてあそ》ばれているようなもので、勘九郎は惑乱するばかりである。

「明日より、市中を歩かれる若と次郎殿を見張らせまする。それ故、どうかご安心くださいませ」

「お前の配下って、お庭番だろ？　いいのかよ、勝手に使っても――」

「まさか御公儀の者を私の一存で勝手に使うわけにはまいりませぬ。……私の、私的な配下という意味でございます」

「そ、そうなのか」

勘九郎には、不得要領《ふとくようりよう》に肯くしかできず、「私的な配下」が果たしてどういう者なのか、問い返そうとはしなかった。本当は、問い返したかったのだが。

三

立冬《りっとう》を過ぎても、日中はまだまだ暖かい。

寧《むし》ろ、少し動けば汗ばむほどだ。

「家に、忘れ物を取りに行きたいのですが、よいでしょうか？」

勘三郎が遠慮がちに願い出てきたとき、内心の不快さには目をつぶり、

「ああ、いいよ」

勘九郎は快く答えた。

こんなところで「厭《いや》だ」と言い、了見の狭い男だとは思われたくない。

「家は何処だっけ？」

「小石川の、湯島天神と水戸《みと》様のお屋敷の近くです」

「ふうん……叔父上は、そこで生まれ育ったの？」

勘九郎はわざと問うたが、

「いえ、幼き頃は長屋住まいで……何度か移り住んでおります」

勘三郎は即座に首を振った。

どうやら、小さな嘘を吐く気はないらしい。

「そうなのか」

さも億劫《おっくう》げな懐手《ふところで》で聞き流しながら、だがその実《じつ》勘九郎は勘三郎の言葉にしっかり耳を傾けている。

(化けの皮を剝いでやるからな)

という意気込みは、とりあえずひた隠して、

「母一人子一人では、苦労が多かったのだろうな」

「いいえ、それがしなどは、なにも……母は、多少苦労をしたかもしれませぬが」

「多少と言うことはないだろう。若い娘が、知り合いもろくにいない土地で、たった一人で子を産み、育ててきたんだぞ。並大抵の苦労じゃなかったはずだ」

「それはそうかもしれませんが……それがしにはよくわかりませぬ」

勘三郎は全く屈託のない顔つきで答え、そのことについては一顧《いっこ》だにせぬ様子である。

(こいつ……)

勘九郎は、このときはじめて、勘三郎の人間性について疑う気になった。

母の死を機に突然松波家を訪れた勘三郎という青年に対して、はじめからよく思っていなかったため、改めて彼の人柄を見ようなどとは思わなかった。

改めて見てみると、

(そもそもこいつは、人の心というものを持ち合わせているのか?)

勘九郎は疑いたくなった。

「辻斬りの下手人を捜し出して母の無念を晴らしたい」と、三郎兵衛に告げたようだが、どこまで本気かわからない。

そもそも、武芸の心得はさほどないらしい。すると、仇討ち云々《うんぬん》は、ただ、松波家を訪れる理由が欲しかっただけなのではないか。

「…………」

半歩先を歩いていた勘三郎が不意にそこで足を止めたので、勘九郎の足も無意識に止まった。

小さな商家が数軒建ち並ぶ表通りには、朝から人出がひきも切らない。

三間ほど先の小間物屋の店先に、七、八人、いや、十数人からの人集《ひとだか》りができている。紅梅や黄八丈《きはちじょう》の鮮やかな色の着物を纏《まと》った若い娘たちである。娘たちの発する独特の高い笑い声が、あたり憚《はばか》らず響いていた。

「なんだ？　流行《はや》りの簪《かんざし》でも買いに来たのか？」

勘九郎は些か面食らったが、市井《しせい》育ちの勘三郎は存外落ち着いている。

「いえ、あの様子では、おそらく《想夫蝶《そうふちょう》》でしょうね」

「《想夫蝶》？」

「若い娘たちのあいだで流行《はや》ってる、縁結びのお守りです」

「お守りを、小間物屋で買い求めるのか？」

「なんていうか、縁起物なんです」

「縁起物？」

「ええ。…少し前、こんな話があったんです。裕福な商家の娘が、良縁を求めて鎌倉《かまくら》のとある古寺にお詣《まい》りしたところ、たまたま別の祈願のためにお詣りに来ていた若侍と出会い、一目で恋に落ちた、とか。……娘は、若侍に会いたい一心で、毎日十里の道を歩いて寺に詣《もう》でましたが、なかなか会うことは叶わず、むなしい日々を過ごしたそうです。一方若侍の目的は、鎌倉の何処かに潜んだ父の仇《かたき》を見つけ出し、これを討つことでした。念願かなって遂に仇を見つけ出し、見事これを討ち果たしたまではよかったのですが、生憎《あいにく》何日も飲み食いせず、ろくに眠りもせずに仇を求めていた若侍は、敵を討ち果たすと、その場に倒れてしまったそうです。助けてくれる者はいない。

このままでは衰弱して死んでしまう。……ところが、そこへ現れたのが、例の商家の娘とお供の女中でした。お詣りの帰り、急に娘の前に白い蝶が現れて、その蝶に導かれて行った先に、若侍が倒れていた、というんです。よくできた話でしょう」

「ああ、如何にも女子供が好きそうな話だな。で、その娘と若侍はその後どうなったんだ？」

「勿論、娘に助けられた若侍は仇の首を持ってもとの御家に帰参し、恩人である商家の娘を妻に迎えましたよ」

「なるほど。それで、二人を結びつけた白い蝶が縁結びの縁起物になったわけか」

「実は、それがしも一つ持っておりまして」

と嬉しげに言いつつ、勘三郎は己の懐から古びた朱塗りの印籠《いんろう》を取り出して見せた。

印籠の家紋が些か気になったが、勘九郎はさあらぬ体《てい》で勘三郎の手許に視線を落とした。蓋の部分に括《くく》られているのが、問題の根付《ねつけ》だろう。

朱色の紐の先に小さな蝶の細工が付いている。

柘植《つげ》かなにか、木で彫られた蝶に白い塗料が塗られただけの、さほど高価とも思えぬ品だ。

「これは十二文の安物ですが、中には、象牙《ぞうげ》や白銀《しろがね》で作られた高価なものもあるようです。矢張り、多少値の張るもののほうがご利益もあると思われて、よく売れてるようですよ」

「ふうん。……でも、叔父上はなんで持ってるの？」

「え？」

「だって、未婚の娘が良縁を願って持つものなんだろ。……男が持つと、分限者《ぶげんしゃ》の娘を嫁にできて、一生金に困らないとか？」

「まあ、そんなところでござるよ」

「へぇえ、だったら俺も持とうかなぁ」

「お戯《たわむ》れを、勘九郎殿」

勘三郎は見えすいた作り笑いを浮かべるが、

「なにが戯れなものか。金は、あって困るってもんじゃやないだろう」

勘九郎は真顔で言葉を継《つ》いだ。

歩を進めつつ、勘三郎は勘九郎の顔をチラチラと盗み見る。

「でも、松波の御家は、御大身じゃありませんか」

「そうでもねえよ。元々は桐之間《きりのま》詰めの五百石そこそこ。祖父さん……叔父上にとってはお父上だが——の代になってから、ちょっとずつ加増されて、いま漸《ようや》く、千石ちよっとってとこだよ」

「せ、千石取りなんて、すごいじゃないですか！」

「だから、全然すごくねえんだよ。家が大きくなると、それだけ諸々《もろもろ》物入りになる。登城の際の体面を保つためにも、余計に人を雇い入れなきゃならないし……昨夜の、あの飯見りゃわかるだろ。うちは決して裕福じゃないよ」

「そう…なのですか？　母の育った岡山藩では、食事は一汁一菜と決められていたそうで、うちの飯は、大抵《たいてい》味噌汁と漬け物ばかりでしたよ。焼き魚なんて食べられるのは、せいぜい盆と正月くらいなもので……」

「そう…なの？」

庶民の貧しい暮らしぶりを主張されると、勘九郎はさすがに閉口するしかない。

自分の生まれ育った家を、大身だと思ったことはないし、さほど裕福な暮らしをしているとと思ったこともない。だが、生まれてこの方、一度も飢えたことがないというだけで、充分恵まれている、といえるだろう。

引け目を感じるが故に、勘九郎はつい多弁にならざるを得なかった。

「でも、市井に暮らしていれば、あの美味しい寿司や天ぷらを、食べようと思えば毎日だって食べられるじゃないか」

「それは、町家の者たちはそうでしょうけど、それがしの母は武家の……質素倹約で知られた池田家の出身ですよ。そんな贅沢《ぜいたく》、許しちゃくれませんよ」

「贅沢？　屋台が？」

「ええ。……幼い頃に一度、長屋の子供たちと屋台の団子《だんご》を買い食いしたら、罰としてその日の夕餉を抜かれるほど叱られましたよ」

「団子一つで？」

「ええ、団子一つで」

「それは、厳しいな」

「そうでしょう？　そうなんですよ。……ですから、我が家に比べたら、昨夜のお膳は、充分に贅沢でしたよ」

「そうか。……贅沢か」

「毎日焼き魚が食べられるなんて、長屋暮らしの者にとっては夢みたいですよ」

そんなことを言い合いながら、やがて二人は、目的の場所に着いた。

「ここです」

と勘三郎に言われるまでもなく、その古びた冠木門《かぶきもん》の一軒家を勘九郎は凝視した。

背の低い満天星《どうだん》の植え込みが塀代わりになっているあたりも、如何《いか》にも、女住まいらしく艶《なま》めかしく見えた。

四

（なんだか、常磐津《ときわづ》の師匠《ししょう》の家みてえだな）

思うともなく勘九郎が思ったのは、実際彼が艶《つや》っぽい年増《としま》の師匠の家に居候《いそうろう》をしたことがあるためだが、勿論《もちろん》口には出さない。

「不用心だな」

ろくに戸締まりもしていないことを勘九郎が指摘すると、

「うっかりしてました」

勘三郎は引き戸を開けて家の中へと足早に入って行った。その、至極自然な物腰所作を見る限り、赤の他人の家に勝手に立ち入っているようには思えない。

（いや、騙されちゃならねぇ。こいつはとんでもねえ狸《たぬき》なんだ）

己に厳しく言い聞かせつつも、

「失礼仕《つかまつ》る」

玄関で律義に一礼してから、勘九郎も続いて中に入った。

「忘れ物とはなんだ、叔父上？」

問いかけつつ、ゆっくりと歩を進める。

門口の土間をあがってすぐが六畳ほどの居間。常磐津の師匠の家だと、大抵ここが稽古《けいこ》部屋となっていることが多いが、この家では親子の食事の部屋に使われていたのだろう。小さな茶簞笥《ちゃだんす》が置かれた居間の、向かって右手が小さな厨《くりや》のようだ。竈《かまど》の先に勝手口が見える。

（家自体は、築十数年て感じだな。桐野はここに住んで十年ほどだと言ってたが……）

考えつつ、勘九郎は家の中を無意識に物色した。

勘三郎の母は、町家の娘に立花《りっか》や琴《こと》などの芸事を教えて生計《たつき》を立てていたというが、勘九郎の見る限り、この家には、日頃から多くの者が出入りしていた様子がない。もとより、弟子が裕福な家の娘だったりした場合、師匠のほうから出稽古に出向くのは珍しくないが。

（けど、なんか、ひっかかるな）

疑いつつも、

「おい、何処だ、叔父上？」

勘九郎は呼びかけた。

「こっちです、勘九郎殿」

奥から呼び返す声がする。

声のするほうへと、勘九郎は進む。

(外から見るより、案外広いな)

玄関をあがってすぐの居間の他に、まだあと二部屋はあるようだ。

勘三郎がいるのは、一番奥の部屋で、立派な桐の簞笥が二棹《ふたさお》並んでいた。だが、勘三郎が覗き込んでいるのは何《いず》れの簞笥でもなく、その傍《かたわ》らに置かれた、大きな行李《こうり》のほうだった。

「おい、叔父上、着替えなら、要らねえぞ。着物くらい、祖父さんにねだれよ」

「いえ、着物は別によいのですが……」

行李の中を探る手を休めず、勘三郎は応じる。

「じゃあ、一体なにを捜してるんだ?」

「なにって……あ、あった!」

と歓声とともに摑み出したそれは、どうやら位牌《いはい》のようである。

「位牌じゃねえか」

「ええ、母上の位牌です。持って行くのを忘れてしまって……」

「だからって、行李の中に仕舞うか、普通？」

「だって、我が家では一番の貴重品だから」

悪びれもせずに勘三郎は言うが、大方仏壇を用意する金がなかったのだろう、と勘九郎は思った。紋服の一着も誂《あつら》えられぬ暮らし向きだったのだから、仕方ない。

「大事な品なのはわかるけど、だったらなんでうちに来るのに持ってこなかったんだよ」

「ですから、うっかり忘れて……」

「違うだろ。わざと置いてきたんだろ」

勘九郎に指摘されると、勘三郎はさすがに顔色を変えた。

が、一瞬後、さほど悪びれずに言ってのけた。

「だって、位牌はちょっとやりすぎじゃないかと思って……」

「やりすぎ？」

「はじめてお邪魔するお屋敷に、位牌なんか持ち込むのは失礼なんじゃないかと思いまして……」

「失礼なんてこたあねえだろ。母上の位牌なんだから」

「それはそうなんですが……」

「母上でもなんでもない、赤の他人の位牌だってんなら、話は別だけどよう」

「え？」

勘三郎は戸惑ったようだが、勘九郎はそれ以上位牌の件を追及するのをやめた。

「まあ、いいや。……で、忘れ物はそれだけなのか？」

「あ、は、はい……」

「じゃあ、行こうか」

「はい」

勘九郎に促され、勘三郎は素直に順《したが》った。内心ホッとしたかもしれない。即ち、勘九郎のあとに続いてそそくさと家を出ようとしたのだ。ところが、

「なあ、叔父上」

「はい？」

「この家、しばらくあけるんだろ？」

「え？」

「つーか、これからはうちで暮らすんだから、もうここには用はねえんじゃねえのか？」

「それは…そうですが」

「だったら、ちゃんとしといたほうがいいんじゃねえのか？」

「ちゃんと…するとは、どういう……？」

勘三郎は怖《お》ず怖ずと問い返す。

明らかに、勘九郎の質問の意図がよくわからないらしい顔つきだ。

「じゃあ訊くが、ここって、叔父上の持ち家なのか？」

「…………」

勘三郎は無言で首を振る。

「誰かに借りてる家なんだろ？」

勘三郎は小さく頷いた。

「持ち家だったら、別にいいけど、誰かに借りてる家なら、ちゃんとしなきゃ駄目だろ。誰も住んでない家の家賃、叔父上に払えるのかよ？」

「いいえ……」

「払えないんだったら、大家《おおや》にそう言って、家を明け渡さないと。……勝手に空き家にされたら、大家だって困るだろ」

「はい」

「それとも、家賃は祖父さんに払ってもらうつもりだったのか？」

「…………」

答えず項垂《うなだ》れたところをみると、どうやら図星のようである。

「マジか……。なかなかいい根性してるな、叔父上」

「も、申しわけありませぬッ」

勘三郎はあっさり詫びた。

「母が常々、『お前が、一人前の侍となったとき、お殿様にその姿をお見せする』と言っていたのは、嘘でございます」

（え、嘘はそこかよ？）

勘九郎は思わず目を剝く。

だが、勘九郎が促すまでもなく、勘三郎は易々《やすやす》と話しはじめた。

「母は、それがしの父が何処の誰なのかを、遂に教えてくれませんでした。ですが、松波様のことは、一度だけ、昔、大きな御恩をうけたお方がいる、と……母の口から聞いた名は、松波様ただお一人でしたので……」

「それで、うちの祖父さんを父親だと思って、訪ねて来たのか？」

「松波様に、『覚えがない』と言われてしまえばそれまでと、半ば諦めておりました。

ダメもとでございます」

「ったく、呆《あき》れたもんだな」

「申しわけありませぬッ」

「いや、呆れたのは祖父さんのほうだよ。……まさか、本当に思い当たる節があったとはなぁ」

軽く草履《ぞうり》をつっかけながら勘九郎は言い、だが門口に立ったところで、再度勘三郎を顧みた。

「もう一つ訊いておきたいんだが、叔父上」

「な、なんなりと——」

「叔父上は、この家に住んでた頃、一体どんな暮らしをしてたんだ？」

「…………」

うっかり問うてしまってから、だが勘九郎はすぐに後悔した。

もとより、一言で答えられるような問いではない。勘九郎を見返したきり閉口する勘三郎の顔を、もうそれ以上見ていたくもなかった。それ故、

「いや、いいや、あとでゆっくり聞かせてもらうよ。……その前に、外の連中と話をつけなきゃな」

「え？　外の連中？」

「叔父上はここにいろ。出て来るんじゃないぞ」

言いおいて、勘九郎は矢庭《やにわ》に踵《きびす》を返し、家の外へと飛び出した。

飛び出すと同時に鯉口《こいぐち》を切っている。

家の外には、少し前から複数の殺気が感じられた。

勘九郎と勘三郎の二人が家に入ったときから、既に彼らは外にいたのだ。

勘九郎も当初から気づいていたが、どうせ自分の客だと思っているし、然《さ》あらぬ体《てい》で勘三郎につきあった。中には、連れがいるのを嫌い、そのまま立ち去る刺客《しかく》もいるのだ。勘九郎はそれを期待した。

が、用が済んで帰り際になっても、殺気は消えていなかった。

(しつこい奴らだな)

勘九郎は内心辟易《へきえき》したが、仕方ない。

辟易しつつも門口から飛び出し、敷石の上を数歩行くあいだに抜刀した。

抜刀したところへ、折良く最初の敵が殺到する。

(全部で三人？　ちょっと、少なくないか？)

首を傾げつつ、勘九郎は、その黒覆面《くろふくめん》の武士の初太刀を中段の手許でしっかり受け止めた。

が、思ったほど強い太刀筋ではないので、あっさり押し返しざま、素早く刃を返すと、柄頭《つかがしら》で鳩尾《みぞおち》へ一撃――。

「ぐへぇッ」

そいつはあっさり悶絶した。

勘九郎は即座に構え直して次の攻撃に備えたが、意外や、後ろにいた二人はすぐさま刀をおさめてしまう。

（え？）

戸惑う勘九郎の目の前で、悶絶した仲間を助け起こすと、両脇から抱えて踵を返す。

呆気にとられた勘九郎の口から、

「え？　おい、終わり？　もう、逃げちゃうの？……嘘だろ」

戸惑う心の声が、無意識に漏らされた。勘九郎が出て来るまで待っていた執拗さの割りに、去り際はひどくあっさりしている。

「なんだよ、脅《おど》かしやがって、見かけ倒しかよ」

不満を漏らしつつ、勘九郎も仕方なく刀をおさめる。と、そこへ、

「あ、有り難うございます」

勘三郎が怖ず怖ずと進み出て、勘九郎に向かって礼を言う。

「え？」

「お救いいただき、忝《かたじけ》のうございます」

「なんだと？」

「あ、あの者たちは、おそらくそれがしを狙って来たのです」

「叔父上を？　何故？」

勘九郎はさすがに顔色を変え、鋭く問い返した。

「わかりません」

だが勘三郎は力無く首を振るばかりだった。

嘘を吐いているようには見えない。なにか心当たりがあるらしいが、明確な説明はつかないのだろう。

(どおりで、見かけ倒しな連中だった)

勘九郎は慌てて己に言い訳した。

先ず、狙われたのが己ではなく勘三郎だというのも心外なら、自分の客だなどと勘違いしていたことも恥ずかしい。恥ずかしさで、しばし思考が止まってしまった。

五

「では、そちが当家に参ったのは、何処の誰とも知れぬ者共に命を狙われているが故と申すか？」

話をすっかり聞き終えると、三郎兵衛はさすがに夢から覚めた顔つきになり、真顔で勘三郎に問い返した。

「はい。申しわけありません。こちら様ほどの御大身のお屋敷でしたら、警備も充分だろうと思いまして……黙っていて、申しわけありません」

勘三郎は恐縮して頭《こうべ》を垂れたきり、謝罪を繰り返すばかりである。

夢から醒めた三郎兵衛は、その垂れた頭へ、しばらく無言で視線を注いでいたが、ふとなにかに気づいた顔つきになる。

「勘三郎」

「はい」

静かに名を呼ばれたので、最早《もはや》怒られまいと踏んで、勘三郎は漸く顔をあげた。もとより三郎兵衛は怒ってなどいない。ただ思案をしているだけである。

「千鶴殿は、何処の誰とも知れぬ辻斬りに斬られたと言ったな？」

「は、はいッ」

「嘘だろう」

三郎兵衛はあっさり言い放った。

「えッ？」

驚きの声は、勘三郎と勘九郎の口から、異口同音に漏らされた。

「千鶴殿が死んで、勘三郎が命を狙われるようになった。そうだな？」

「はい」

「ということは、千鶴殿を殺した者が、その息子であるそちの命をも狙っている、と思ったほうがよい。そうではないか？」

「…………」

勘三郎はさすがに言葉を失い、

「けど、一体どうして？」

勘九郎が素直な疑問を口にした。

「わからん。それがわかれば、何故千鶴殿が殺されねばならなかったのか、ことの真相も下手人が誰かも知れるだろうが──」

「そ、それがしは…本当に、な、なにも……なにも存じません」

「ああ、わかった、わかった。お前はなにも知らぬのだな」

「は、はい。……あ、ある日、いつもの出稽古の帰り、母は何者かに殺されました。松波様もご存知のとおり、武芸の心得のある母でしたから、容易に命を奪われるとは思えませぬ。町方には、何度もそう言いましたが、奴らはまるで取り合ってくれず……『若い頃に多少剣を学んだからといって、咄嗟《とっさ》に使えるとは限らぬ。ましてや女子の身では――』と、それはもう、けんもほろろで………」

「だから、それもわかった。千鶴殿を殺した下手人は、必ず儂が捕らえてやる」

三郎兵衛はそろそろ辟易しはじめている。

兎に角、勘三郎の話は同じことの繰り返しで、ひたすら、くどい。

「そ、それがしは母に似ず、武芸はからきしで……母が亡くなってすぐでした。三人の浪人者から、不意に襲われて……命からがら逃げてからは、もう恐ろしくて……」

くどくて何一つ意味のない勘三郎の言い訳を、最早三郎兵衛は殆ど聞いていなかった。

(何故千鶴が殺されねばならなかったのか、調べぬわけにはゆくまい)

ただ、己の中に沸き立つ心の声だけに、耳を傾けている。

「お前はどう思う、勘九郎？」

「俺にはよくわからねえけど……」

口ごもりながら、勘九郎は遠慮がちに目を伏せた。

三郎兵衛の記憶の中では、故人は二十数年前に別れたときのままなのだ。三郎兵衛と出会ったときの千鶴は、年齢は二十歳になるかならぬか。花なら、まさに咲きほころんだばかりの瑞々《みずみず》しい瞬間であったろう。

三郎兵衛の記憶の中の千鶴と、子を産み、二十年余を経た千鶴は、最早別人であると思ったほうがいい。

だが、それを言えば、三郎兵衛の中にいる千鶴は、跡形もなく消え失せるのではないか。

それ故勘九郎は言葉を躊躇《ためら》った。

「よいから、妙な忖度《そんたく》なしに、うぬの存念を申してみよ」

三郎兵衛に強く促されると、勘九郎はなお逡巡したが、ここで己が口を噤《つぐ》んでいても、何《いず》れ三郎兵衛は真相を調べあげるだろう。そのときになって衝撃をうけるよりは、多少は覚悟をしておいたほうがよいかもしれない、と思い返した。

「目をつけられたんじゃねえのかな」

「目をつけられた？　何処の誰からだ？」

「何処の誰かまではわからねえけど……」

「なんだ？」

「千鶴さん……叔父上の母上は、芸事を教えてその稼ぎで叔父上を育ててきたんだろ。内稽古は殆どなしで、おもに出稽古ばっかりだったとすると、相当富裕な家の娘さんばかりを教えてたってことだよな」

「そうだな」

「つまり、富裕な家に、日頃から出入りしてた」

「なにが言いたい？」

「出入りをすれば、本人が望まなくても、余計な話を小耳に挟んだりすることになる。……だから、ろくでもねえ連中に、目をつけられちまう」

「盗賊や、拐《かどわ》かしの一味ということか？」

三郎兵衛は忽ち眉を顰《ひそ》める。

「よくわかんねえけど……そういう悪い連中から目をつけられたら、いくら武芸の心得があったって、女一人でなにができるよ」

「簡単なことだ。町方か火盗に駆け込めばよい」

「けど、わけがあってそれができねえとしたら？」

「どんなわけだ？」

「そこまではわからねえよ。そもそも俺は、千鶴さんて人を知らねえんだから」

「ううむ」

三郎兵衛は低く呻《うな》った。

勘九郎の頭の働きに、内心舌を巻いていた。

「つまり、千鶴が教えていた娘とその家のことを調べてみろ、ということだな」

「ああ、早速明日からまわってみるよ」

「儂も行こう」

「え？」

「銀二《ぎんじ》がいればよかったのだが、生憎《あいにく》おらぬし。……お前が一人でうろうろしたのでは怪しまれる」

「なんでだよ！」

「兎に角、行く」

「…………」

三郎兵衛の顔を改めて見返し、勘九郎は黙った。祖父がなにを思い、なにをしようとしているのかが、なんとなく察せられたためである。

第三章　男の未練

一

「米問屋の《三倉屋《みくらや》》です」

店より三間《さんげん》ほど手前の天水桶《てんすいおけ》置き場で一旦足を止め、勘九郎は説明した。

時刻は午《うま》の下刻《げこく》過ぎ。人通りも少なくはない。三倉屋を挟んで、その両隣りもまた、それぞれ軒の広い大店である。

「主人の三倉屋丹右衛門《たんえもん》は、千鶴殿が出稽古に行ってたお店《たな》の中では、おそらく一番の分限者《ぶげんしゃ》でしょう。大名・旗本との取り引きも少なくないようです」

「それにしては、まだ盗っ人に入られた様子はないようだのう」

「おい、祖父《じい》さん――」

勘九郎は慌てて祖父の袖を引くと、瞬時にいつものぞんざいな口調にもどった。

「そりゃそうだろう。なにかあれば真っ先に打ちこわされるのが米問屋だ。用心棒を大勢雇ってるさ。……役に立つかどうかは別として──」

「ふうん、ならばお前も雇ってもらったらどうだ？　近頃小遣い稼ぎの仕事をしておらぬので、なにかと手許不如意《てもとふにょい》であろうが」

「ったく、なに言ってんだよ。んな暇、どこにもねえだろうがよう」

勘九郎は激しく舌打ちしつつ、祖父を窘《たしな》める。

「それに、滅多なこと言うもんじゃねえぞ。盗っ人がどうのこうのなんて、人に聞かれたら、どうすんだよ」

「本当のことを言っただけだろうが」

「お店の近くで言うことじゃねえだろ。下手《へた》すりゃ、盗っ人の一味が下見《したみ》に来たと思われかねねえ」

「馬鹿を言え。どこから見ても、立派な直参旗本当主の気品漲《みなぎ》るこの儂《わし》を、誰が盗賊の一味だなどと思うか」

「…………」

勘九郎は軽く圧倒されて言葉を失ったが、すぐ気を取り直し、三郎兵衛に問うた。

「で、何て言って、丹右衛門を訪ねるつもりだよ」

「…………」

「やっぱり叔父上を連れてきたほうがよかったんじゃないのか。息子が、亡くなった母親の奉公先へ挨拶に行くのはなんの不思議もないんだからさ」

強い語調で、苦情を述べる。

「仕方なかろう。あやつは何者かに狙われておるのだから」

「信じてんのか、奴の言うこと？」

「…………」

「あいつはとんでもねえ嘘吐《うそつ》きだ。言うことが、そのときによって違う」

「仕方なかろう。町家育ちで苦労しているのだ。多少の悪知恵もつく」

己に言い聞かせるように言う三郎兵衛の顔から、勘九郎はしばし目を逸らしていた。目を逸らし、喉元《のどもと》までこみ上げる言葉を何度か呑み込んでいたが、遂に堪えきれなくなり、

「祖父さんは、あいつが自分の息子だって本当に信じてるのかよ？」

急《せ》かれるような口調で問うた。

「…………」

「どうなんだよ？」

もう一人の己はやめろと制止するのに、別の己が更に追い打ちをかける。

「わからんな」

だが三郎兵衛は、いつもの口調であっさり答えた。

「儂はこの歳だし、お前ももう子供ではない。それ故、詐《いつわ》りは言わぬ。……勘三郎の母御《ははご》と、男女の仲であったのも事実だ」

「………」

「それ故、違う、とは言いきれぬ」

「他人事《ひとごと》みてえな言い方だな」

「他人事なものか」

三郎兵衛の口調に変わりはないが、無意識に懐《ふところ》の印籠をまさぐったり刀の柄頭《つかがしら》を弄《いじ》ったりする動作に、無言の苛立《いらだ》ちが滲み出る。

その苛立ちを勘九郎が察した途端、

「お前にはわからぬ」

不意に突き放すような言葉を不機嫌に述べられ、憮然とした。

（どうせわからねえと思ってるなら、はじめから言うなよ）

思うだけで、言い返すことはできなかった。

「千鶴様のお身内の方ですと？」

三倉屋丹右衛門は、分限者に相応《ふさわ》しい恰幅のよい体を、やや苦しげに仰《の》け反《ぞ》らせながら三郎兵衛と勘九郎を見比べた。

結局、巧い嘘も思いつかなかったので、正直に名乗り、来意を告げた。

当然、奥の座敷に通された。

「江戸にお身内はいないと伺っておりましたが――」

「身内というわけではないのだが……もう、かれこれ二十年ほど前になるが、少々親交があり、ずっと行方を尋ねていたのだ。此度《こたび》、漸《よう》く探しあてたのだが……」

これ以上ないくらい悲痛な表情を浮かべて三郎兵衛は答え、嗚咽《おえつ》を堪《こら》える風情さえ見せた。その真に迫った表情を見る限り、最早《もはや》、どこまでが芝居でどこからが本気かも判別つかない。

「…………」

本人曰《いわ》く、旗本当主の気品に溢れる立派な武士に、目の前で、悲嘆に暮れるさまなど見せられたら、大抵の人間は当惑するしかない。

丹右衛門も、例に漏れず当惑した。

「さ、左様でございますか」

一旦浅く吐息をついてから、改めて悲痛の表情をつくって言った。

「千鶴様のことは、本当に、なんと申し上げてよいか……お美代《みよ》も……娘も、心から悲しんでおりました。……なあ、お美代」

「は、はい」

父親の後ろに控えていた娘は、結綿《ゆいわた》の髷《まげ》に目映《まばゆ》いびらびら簪《かんざし》の白銀《しろがね》の鎖を揺らしつつ、袂《たもと》で目頭を押さえている。

年の頃は十六、七。十人並みの器量ながら、山吹《やまぶき》と紅梅が入り混じる華やかな色合いの着物のせいか、可憐さがやや際立《きわだ》って見えた。

「ご息女……美代殿は、千鶴殿になにを習っておられたのでござろう」

「琴《こと》と立花《りっか》を――」

「そ、それに、時々古今集《こきんしゅう》の和歌も教えていただきました」

父親の言葉を食い気味に引き継いでお美代が答えた。

敢《あ》えて答えたということは、父親が言う琴や立花よりも、千鶴が教えてくれた和歌のほうが、より深く、お美代の心に残っているということだ。

それを聞くと、三郎兵衛は最早たまらなくなったのだろう。

「ご息女に、少し伺ってもよろしいか？」

三郎兵衛は丹右衛門の顔を真っ直ぐに見据え、真剣を突き付けるが如き表情で問うた。

「な、なにをでございましょう」

丹右衛門はさすがに焦ったが、

「千鶴殿が、お美代殿にとって、どのような師匠であったか……日頃の千鶴殿の人となりなどを……なにしろ、二十年前に別れて以来、ずっと……ずっと、便り一つなかったもので……どんなに些細なことでも、聞かせていただけたら……たとえば、花はなんの花が好きだったか、古今集なら、どの歌を好んだのか、など……」

懸命に嗚咽を堪える三郎兵衛の言葉に、丹右衛門は完全に胸を打たれたようだ。

「ええ、ええ、そういうことでしたら、なんなりとお訊きくだされませ。……のう、お美代」

「はい」

「お師匠様のこと、話しておあげなさい」

と、さも優しげな口調で言いおいて、丹右衛門は座を立ち去った。

さすがは豪商の主人、三郎兵衛の訪問の魂胆が知れたし、そうであるならば、旗本当主の面目をつぶすのは好ましくないと考えたのだろう。

要するに、身も蓋《ふた》もなく悲嘆に暮れる三郎兵衛を、人畜無害な存在と認めたのだ。であるならば、もうそれ以上、商売の役にも立たぬ無駄話につきあう必要はない。

実に商人らしい、合理的な思考の持ち主であった。

「お美代殿」

丹右衛門が立ち去る気配を察してから、三郎兵衛はふと呼びかけた。

「はい」

「千鶴殿が、最も好まれた歌は、なんだったのであろう？」

「逢いみての…のちの心にくらぶれば……」

「昔はものをおもわざりけり、……権中納言敦忠《ごんちゆうなごんあつただ》じゃな」

お美代が辿々《たどたど》しく口にする上の句を引き取って下の句を述べてから、

「後朝《きぬぎぬ》の歌とは、ゆかしいのう」

三郎兵衛はそのことに満足したようだった。

（敦忠は拾遺集《しゆういしゆう》だろ。古今集じゃねえ）

傍《かたわ》らで聞いていた勘九郎は思ったが、三郎兵衛にはそこを指摘するつもりは全くないようで、すぐに次の問いに移る。

「では、花はなにを好んだのであろう？」

「お花は、なんでもお好きでしたが……とりわけ——」

「とりわけ？」

思わず大きく身を乗り出す三郎兵衛を、勘九郎は心底微笑《ほほえ》ましく感じた。

「とりわけ、春の花がお好きだったような気がします。桃《もも》とか牡丹《ぼたん》とか……」

「左様か、春の花がのう。……では、日頃はどのようなものを好まれたのであろう？好きな菓子は？　よく身につけていた着物の柄《がら》は？」

それから三郎兵衛は矢継ぎ早に問い、戸惑いながらも、懸命にお美代は答えた。

お美代のその真摯な様子一つ見ても、彼女にとって千鶴がどのような師であったかは容易《たやす》く推し量ることができたろう。

だが、なにを問うても一向に満足できぬのか、三郎兵衛は延延《えんえん》問い続けた。

とうとう堪えきれなくなったお美代が、

「千鶴様は……千鶴様は、本当に素晴らしいお人柄で……優しくて、でもときには厳しく教えてくださり……」

故人を思い出し、本当に泣き出してしまうまで、三郎兵衛の執拗な問いは続いたのだった。

「ここで最後だ」

駒込《こまごめ》の薬種問屋《美濃屋《みのや》》の前まで来たとき、つい安堵して勘九郎は呟いた。

三郎兵衛はなにも言わない。

そういえば三郎兵衛は、商家の娘たちと話しているときは機嫌よくしていたくせに、一歩店の外へ出、次の店へ向かって歩きはじめると終始無言であった。勘九郎に対しては一言も口をきいていない。

(なにを考えてるのやら……)

それでも勘九郎は根気よく三郎兵衛につきあった。

千鶴が出稽古に来ていた最後のお店が、《美濃屋》であった。

最初に訪ねた《三倉屋》と同様、大名・旗本との取り引きもあるらしい大店である。

正直勘九郎は辟易《へきえき》している。

あれから五軒ほどお店をまわったが、同じような年頃の娘たちから、三郎兵衛は厭《あ》きもせず同じような話を聞き出してきた。

つまり、ほぼ同じような話を、都合五回も聞かされているのである。

(いくら聞いたって、死んだ人に会えるわけじゃないのにな)

とは思うものの、三郎兵衛の気持ちが全くわからぬ勘九郎ではない。

二度と逢うことのかなわぬ祖父の想い人に、せめて他者の語る思い出話の中でだけでも、逢わせてやりたかった。

(もう少し、男の未練につきあってやるよ)

思いつつ、ふと障子《しょうじ》の外が騒がしいことに気づいて勘九郎は我に返った。

「お雪《ゆき》はすぐに参りますので、しばしこちらでお待ちくださいませ」

お内儀《ないぎ》らしき中年女が言い置き、去ってから、気づけば、しばしどころではないときが過ぎている。

奇異なことだった。どこの家でも、娘は呼ばれればすぐに現れた。

三郎兵衛たちを怪しんでいるなら、はじめから座敷には通さぬはずである。

(なんだろうな)

勘九郎は細く障子を開けて外を窺《うかが》った。

「…………」

「おい、行儀が悪いぞ、勘九郎」

三郎兵衛は軽く窘めたが、すぐに勘九郎の背後に来て同様に障子の外を窺う。

「どうやら、儂らの他にも客が来ているようだな」

表と奥とを慌ただしく行き来する者たちの様子から、三郎兵衛はそう察した。

美濃屋の家屋は、多くの大店と同じく、広々した中庭が、店と住まいを仕切っている。庭の四囲にぐるりと廊下が巡らされ、障子を開ければ、どの座敷からも庭を眺めることができた。

その庭を挟んで向かいの廊下を、慌ただしく、多くの人が行き過ぎる。

「大口の客かもしれぬな。悪いときに来てしまったようだ」

「商売の相手なら、娘は関係ないだろう」

「ああ、それもそうか」

勘九郎の言葉に一旦は納得するも、

「ならば、娘の見合いかな」

首を捻《ひね》りつつ、言葉を続けた。

「大店の娘は、大抵実家の商売がらみの取引先や同業者の息子と政略婚することが多いのであろう」

「だとしたら、そんな大事な日に、俺たちなんか、家に入れないだろ。『本日はたて込んでおりますので、後日おいでいただけますか』って、門前払いだろ、普通――」

「そうだな」

勘九郎の言葉に再び納得した三郎兵衛がすごすごと己の席に戻るのと、

「お待たせいたしました」

娘が来るのとが、ほぼ同じ刹那のことだった。

「いいえ、とんでもない」

勘九郎も慌てて席に戻り、何食わぬ顔で娘を迎える。

「お待たせいたしまして、本当に申しわけございませぬ」

新しい茶菓を、三郎兵衛と勘九郎に勧めながら娘——お雪は言い、小さく頭を下げた。

色白で顎《あご》が細く、これまで会った娘たちの中では際立って器量がよい。

「いやいや、とりこんでおられるところへ訪ねて参った我らが悪い。お邪魔ではなかったかのう」

「いいえ、ちっとも——」

屈託のない口調で言い、お雪は軽く首を振る。

「実は、松波様をこちらへお通ししてすぐ、合雅《ごうが》様が突然いらしたのです」

「合雅様？」

「父も母も、ちょっと慌てたようですが、特になにかご用があってのことではなく、たまたま近くまでいらしたので、我が家のことを気にかけてくださり、わざわざ様子を見に来てくださったそうでございます。……お礼をして、お帰りいただきました」

「はて、合雅様とは？」

「偉い行者《ぎょうじゃ》様です。……以前、我が家の危機をお救いいただきました」

「行者？」

三郎兵衛は無意識に眉を顰《ひそ》める。

「いまから半年ほど前のことになりますが、突然我が家を訪れた合雅様が、『二、三日中に、裏の通用口の閂《かんぬき》が壊れるから、直しておかないと盗賊に入られるぞ』とおっしゃいまして……家の者は皆、半信半疑だったのですが、本当にその二日後、閂が壊れた通用口から、盗賊に押し入られそうになったのです」

「押し入られそうになった、とは？」

「その晩、たまたま近くに、町方の御用を務める手先の方々が居合わせ、すぐに駆けつけてくださいましたので、すんでのところで、賊に入られずにすみました」

「なるほど」

「で、賊は捕らえられたんですか？」

勘九郎がさかさず口を挟む。

「いいえ、残念ながら逃げられてしまいました」

お雪はやや顔を曇らせたが、すぐまた口を開くと、

「でも、合雅様のお言葉が本当だったことはわかりましたので、それ以後は、父も母も、すっかり信じるようになりまして……『飛鳥山《あすかやま》に花見に行くときは、足下に気をつけよ』とか、『川開きの日、人混みに出ると財布をすられる』とか、さまざまなご助言をいただき、今日までことなきを得ております」

すらすらと饒舌《じょうぜつ》に語って聞かせた。

合雅という行者に対して、全幅の信頼を寄せているに違いない。

「なるほどのう」

三郎兵衛は嘆声をあげただけで、それ以上、合雅という行者について意見を述べることは避けた。もしなにか言えば、おそらく三倍以上の言葉が返ってくる。三郎兵衛は容易くそれを予見することができた。妄信する者に対して異なる意見を述べれば、忽《たちま》ち敵と見なされ、反駁《はんばく》される。そういうものだ。

いまは黙って聞き流せば、それですむのだ。

インチキ行者の話など聞きに来たわけではない。

「斯様《かよう》なお人がついておられれば、美濃屋殿は安泰でござろうな」

「…………」

勘九郎は内心の驚きをひた隠しながら、無言で三郎兵衛を見た。

君子は怪力乱神《かいりきらんしん》を語らず。

君子ではないにしろ、人智を越えた怪異を、常日頃からなにより嫌っている三郎兵衛である。当然、ここはなにか一家言《いっかげん》あってしかるべきだと思っていたのに——。

「それはそうと、千鶴殿のことを、伺ってもよろしいかな、お雪殿」

「はい。千鶴様のことでしたら、なんなりと。……千鶴様のことでしたら……」

言いながら、お雪は見る見る満面を朱《あか》く染め、涙の溢れ出る目頭を縹色《はなだいろ》の袂《たもと》で押さえた。

年の頃は十八、九。今日会った娘たちの中ではおそらく最年長であろう。年長者で、しかも日頃はあまり縁のない武士を目の前にしても少しも怖《お》じぬ落ち着きがあった。

そんなお雪が、

「千鶴様は…私の理想の女人でした」

と言い、身も世もなく、泣き出す。

お雪にとって、千鶴の存在がそれほど大きかったが故のことだ。

（どうやら、好きな花や好きな菓子以上の話が聞けそうだ）

三郎兵衛は期待した。

「お美しくてお優しくて、それでいて、決して何者にも屈せぬ強さをお持ちで……私は、千鶴様のことを、心から……尊敬しておりました」

嗚咽を堪えつつ、お雪は切れ切れに言葉を述べた。

「もっともっと、いろいろなことを教えていただきとうございました」

「お雪殿は、千鶴殿からなにを学ばれたのでござろうか？……琴と立花以外に――」

「もとより、女子の生き方でございます」

泣き顔をふとあげると、微塵の躊躇《ためら》いもない口調でお雪は答えた。

（ああ――）

その表情を見た瞬間、三郎兵衛の胸中に名状しがたい想いが湧いた。

強い意志を秘めたお雪のその表情こそは、かつて三郎兵衛が惹かれた千鶴のものに相違なかったからだ。多くの弟子たちの中で、ただ一人、芸事だけではなく、千鶴の精神を受け継いだ者がいた。そのことに、三郎兵衛は満足した。貴重なときを費やした甲斐はあった。

そう思わずにはいられなかった。

二

だが、その帰途――。

三郎兵衛は相変わらず、不機嫌に黙り込んだままだった。

「なあ祖父さん、腹減らねえか？」

「いや――」

「俺は減ったなぁ」

「儂は減らん」

「腹減ってなくても、蕎麦《そば》くらい食えるだろ。な、蕎麦食ってこうぜ」

「夕餉は勘三郎とともに食する約束だ。蕎麦など食わぬ」

勘九郎の誘いにも、けんもほろろな返答である。

（なんだよ。お雪って娘とはすっかり意気投合して、上機嫌だったじゃねえかよ。それが、美濃屋を一歩出たら、これかよ）

勘九郎にとっては甚《はなは》だ心外《しんがい》であるが、三郎兵衛の気持ちが全く理解できないというわけでもないから、これが些《いささ》か厄介《やっかい》だった。

お雪と話すうち、お雪が千鶴から学んだのは、芸事だけではなく、さりとて上《うわ》っ面《つら》な和歌の知識でもなく、女子は斯《か》くあるべきという生き方の真髄であることを、三郎兵衛は知った。ときに、千鶴その人と話しているのではないかと錯覚するほどの充実感を味わえたのである。

が、そんなお雪が、どう考えてもインチキとしか思えぬ似非《えせ》行者を崇《あが》め、家族とども、そいつの言をまともに信じ込んでいる。

それは、三郎兵衛にとって許すべからざる事実である筈だ。

「なあ、祖父さん――」

「ごちゃごちゃと五月蠅《うるさ》いぞ。少し黙っておらぬか」

遂に三郎兵衛は、厳しい表情で叱責した。

「なんだよ、ごちゃごちゃって……」

これには勘九郎もさすがに色を成す。

「お前が耳許《みみもと》で騒ぐと、聞こえぬのだ」

「え？」

「よいから、黙っておれ」

「なにが聞こえないんだよ？」

「足音だ」

「足音？」

「大勢来るぞ」

「え？」

勘九郎は慌てて耳を欹《そばだ》てるが、生憎《あいにく》雑踏にかき消されるのか、三郎兵衛の言うような足音は聞こえない。

「…………」

「五、六人かそこらではないぞ。……おそらく、十人以上……少なくとも、三十はくだらぬ」

「まさか。足音なんか、聞こえないよ」

「忍びだ」

「忍び？」

「忍びの足運びは独特故《ゆえ》、儂にも正確な人数はわからぬ」

「なんだって、忍びがそんなに大挙して来るんだよ」

「貴様、そんなこともわからぬのか？」

「まだ暮《くれ》六ツだろ。忍びが歩きまわる時刻じゃねえだろ」

「朝であろうが昼であろうが、忍びは目的のためなら何時何処《いつどこ》でも歩きまわる」

「じゃあ、その目的が、この人通りの中で、これから祖父さんを襲うことだってのかよ？……俺たちのまわりには、こんなに大勢人がいるんだぜ」

勘九郎が忽ち顔色を変えると、

「騒ぐな、豎子《こぞう》」

三郎兵衛の顔つきが一層厳しくなる。

「けど……」

「それ故、この先の火除《ひよ》け地を目指しているのではないか」

三郎兵衛は激しく舌を打った。

既に時刻は暮六ツ過ぎ。神田鍛冶町の表通りは、家路を急ぐ人で溢れている。もしいま、この人混みの路上で突然斬り合いがはじまれば、少なからず巻き添えを食う者が出るだろう。

「火除け地って、筋違《すじか》い御門《ごもん》のとこの？」

「わかったら、お前も黙って先を急げ」

と三郎兵衛から厳しく命じられ、勘九郎ははじめて、祖父が何故、ものも言わず足早に歩いていたのか、その理由を知った。

（けど……火除け地で、忍び三十人と俺たち二人でやり合うのかよ？）

知ると忽ち、不安になる。

火除け地は、火事が燃え広がるのを止めるために用意された空き地である。草木一本生えていないので、見晴らしはいい。

だが、身を隠す場所もなく、飛び道具を除《よ》けるようなものもないから、多数の敵と戦うには適さぬ場所だ。

逆に、多数側にとっては、数を頼んで押し包んでしまえばよいのだから、圧倒的に有利になる。

（冗談じゃねえよ）

そんな場所へ敵を導くのは、自ら死地に赴《おもむ》くようなものではないか。

（それに、忍びって、桐野みたいに神出鬼没な連中だろう？……そんなのを、一度に三十人も相手にできるのかよ）

勘九郎は途方に暮れた。だが、

「今日は都合が悪いので帰ってくれ、と言って、聞いてくれる相手ではないぞ」

勘九郎の心中など、易々と察して三郎兵衛は言い、言ったときには、もう数歩先を行っている。

「ま、待って……」

勘九郎は慌ててそのあとを追った。

（だから、速すぎるって……）

年齢など、少しも感じさせぬ健脚ぶりであった。


目的地に着く前に、すっかり日が暮れ落ちた。

あたりはお誂《あつら》えむきの闇に包まれている。

最初の敵は、二人を追って来た者たちではなく、既に火除け地で待ち伏せていた。

途中で三郎兵衛が行き先を変え、火除け地に向かうとわかって先回りしたなら、目端《めはし》が利く上、とんでもなく素早い連中だ。

どうやら烏合《うごう》の衆ではなく、かなり統率のとれた集団らしい。

彼らは闇に紛れる漆黒の出《い》で立ちで地に潜《もぐ》り、三郎兵衛らを待っていた。

そして、三郎兵衛が火除け地に一歩踏み入った途端、一斉に地を蹴って跳躍した。

約十数名。跳躍すると同時に、右へ左へ忙《せわ》しなく動きまわるのは、明らかに三郎兵衛の目を眩惑《げんわく》する目的だ。

「ぬッ」

そのとき三郎兵衛は、地を這うように身を低くした。

ざっ、
ざっ、
ざっ、
まるで草でも刈ろうとするかのように無造作に仕掛けてくる敵の動きを間際《まぎわ》で避けつつ、進む。

一瞬でも足を止めれば、複数が同時に殺到するに違いない。

「勘九郎ッ」

三郎兵衛が不意に勘九郎を呼んだ。

「はい」

祖父のすぐ背後についていた勘九郎は素直に応じた。

「うぬは儂のあとに続けッ」

勘九郎に向かって言うが早いか、三郎兵衛は勢いよく飛び出した。

ギョーンッ、
と地を蹴って跳ね上がる。

まるで、獣《けもの》を思わせる跳躍力だった。

頭上では、黒い影が幾つも交錯している。待ち伏せの忍びが、互いの体を背に庇い合うような複雑な動きを見せながら、二人三人と三郎兵衛の跳躍先に殺到したのだ。

「ぎゃひッ」

「ふごぉ」

「げぇへッ」

瞬時に三つの絶叫が重なり、ほぼ同時に、ドタリと地に転がる死体がある。

「しゃーあッ」

三郎兵衛の放つ裂帛《れっぱく》の気合が、周囲を席巻する。

「勘九郎」

「はい」

呼ばれたので、勘九郎は再び返答する。

「儂の後ろに続き、儂の討ち漏らした奴を討て！」

「はいッ」

力強く答えるや否や、勘九郎は漸《ようや》く抜刀した。

三郎兵衛に言われるまでもなく、既に二、三人が三郎兵衛の脇をすり抜け、勘九郎の眼前に迫っている。

勘九郎は無意識にその場で跳躍し、空中にて刀を三閃《せん》――。

「けぇーッい」

三本の切っ尖が、甲高い気合とともに勘九郎の喉頸《のどくび》めがけて突き入れられるより、勘九郎の切っ尖が僅《わず》かに先んじた。

どぅッ、
どがッ、
どひッ……。

屍《しかばね》が三つ、同時に地を転がることになる。

待ち伏せ組の大半が斬られたときには、追跡組が火除け地に到着した。

(後詰めの人数、予想以上に多いようだな。厄介なことよ)

思う一方、その切っ尖は新たな敵へと向けられている。

「うおりゃーあッ」

気合とともに、大上段からの一太刀を、そいつに浴びせた。

んぎゃッ……。

派手に血飛沫《ちしぶき》を跳《は》ねさせたのは、周囲の者たちに多少なり動揺を与えようとしてのことだが、果たして統率された忍びに、通用するかどうかはわからない。

いまはただ、できる限りのことをするだけだ。

というのも、三郎兵衛が勘九郎に、「儂のあとに続け」と命じたことには深い意味がある。

おそらく忍びと戦った経験がないに等しい勘九郎に、忍びとの戦い方を見せる目的に相違なかった。

勘九郎にも、それは伝わっている。

それ故、祖父の一挙手一投足を、固唾《かたず》を呑んで注視していた。注視してわかったことは、次の行動を予測させるような動きは絶対にしない、ということだ。

常に跳躍し、前進する気か後退する気か、敵に覚らせない。

一箇所に留まらず、前後左右と、縦横無尽に動き続けた。

それ故、三郎兵衛をめがけて殺到した忍びのうち何人かは、狙いが逸れて脇をすり抜け、その背後に控えた勘九郎の手にかかることになった。

(祖父さんは随分場慣れしてるようだが、忍びと戦ったことがあるのかな)

勘九郎がぼんやり考えた瞬間、目の前にそいつがいた。

そいつは、むささびの如き動きで瞬時に勘九郎の頭上に来たが、祖父のやり方を見ていた勘九郎は少しも慌てず、同様に身を処した。即ち、頭上に来る敵を躱《かわ》しざま、捻った体の反動で、左から右へ、ごく自然に刀を薙《な》いだのだ。

「ぎゃ」

「ぎゃ」

斬ってから判明したのだが、敵は二人いた。

右と左から、交互に来たのだ。

が、勘九郎は二人を一人としてとらえ、そして斬った。三郎兵衛の動きを見るうち無意識に摑んだ技であった。


(それにしても、きりがねえ)

戦いが四半時ほどに及んだとき、勘九郎はさすがに己の体が疲弊しつつあることを感じた。

最前までは、一太刀で絶命させられたのに、いまは二太刀三太刀と、刃を交わす回数が増えている。

膂力《りょりょく》が衰えている証拠であった。

(三十人なんてもんじゃねぇぞ)

いちいち数えていたわけではないが、勘九郎は既に十人以上は斬っているつもりだ。

だとするならば、当然三郎兵衛はその倍近い人数を斬っている。

ところが、敵の数は一向に減らない。斬っても斬っても、減るどころか、寧《むし》ろ増えている気がする。

(一体何処の大名が、祖父さんの命を狙ってきやがったんだよ)

これほどの数の忍びを自在に遣わせるとなれば、十万石以上の大名としか思えない。

だが、大目付になってからの祖父は、果たして十万石以上の大名を怒らせるようなだいそれた真似をしでかしてきたのだろうか。

(俺の知る限りは、そんなこと、一度もなかったと思うが……)

刀を持つ手が鈍く、重く、まるで思ったように動けなくなると、勘九郎はさすがに泣きたくなった。

(とはいえ、俺が祖父さんより先に倒れるわけにはいかねえんだよ)

奮《ふる》い立たせて、どうにか目の前の一人を斬り伏せたとき、
ごゃぉぉ～～ッ
激しく風の吹きつける轟音《ごうおん》か、或いは断末魔の絶叫か。どちらとも知れぬ不可解な音声が闇に響いた。次いで、

「死ねや、この糞《くそ》ッ――」

底低い怒声が、不意にあたりを席巻する。

風の音にも似た不可解な音声は、その怒声の主が用いる得物から発せられる音だということを、なんとなく、勘九郎は覚った。

「ぶぉぉりゃあ〜ッ」

明らかに、その者の発する気合の声であった。

胴震いしそうな、凄まじい音声である。

しかる後、勘九郎の周囲に迫りつつあった無限の殺気が不意に潰《つい》えた。

（え？）

戸惑う間もなく、バタバタと大勢の者が倒れる気配がする。その後、しばしの静寂が訪れた。

おそらく、残りの刺客が、瞬時に片付いたのだ。

「遅くなって、申しわけござらぬ」

すぐ近くから、男の声がした。その低い声音に、少しく聞き覚えがある。

「腹が減ったんで、二八蕎麦食ってたら、あんたら、いつのまにかいなくなっちまったろ。慌てて追っかけたんだぜ」

「………」

勘九郎は無言で相手を見返した。

「遅れちまって、申しわけない」

例の、胴震いしそうな気合の主と同じ声音だが、どこか憎めぬ愛嬌がある。

闇夜ではあるが、三郎兵衛も勘九郎も夜目がきく。ともに目を細めて、うっすらと人影を見せたその者の姿を見極めようとした。

「ああ、暗くてしょうがねえな」

言いざま、その者はしゃがみ込んで燧《ひうち》を切った。

忽ち点《とも》った小田原提灯《おだわらちょうちん》の明かりが、その男の姿をぼんやり映し出し、

「あ……」

三郎兵衛と勘九郎とは、ほぼ同時に声を発した。

自ら点した提灯の仄明《ほのあ》かりが映し出したのは、蓬髪髭面《ほうはつひげづら》の大坊主の姿である。

「お前は――」

「確か、堂神《どうがみ》……だっけ？　桐野の弟子の――」

祖父の驚きの声をうけ、恐る恐る勘九郎は問うた。

「おお、如何にも堂神じゃ。……見覚えておったか、小童《こわっぱ》が」

堂神はカラカラと大笑したが、

（小童だと？）

勘九郎はさすがに憮然とした。

以前、堂神から、「間抜け面の小僧」と言われたことを忘れてはいない。

「なんじゃ。桐野の手の者とは、そちのことじゃったか」

「へい、俺のことでござんす、御前様」

「この前会《お》うたときとは、随分と雰囲気が違うではないか」

「まあ、今回は師匠からたってと頼まれましたんで――」

「そうか」

三郎兵衛はすぐに納得したようだが、勘九郎には全く納得できない。

（だってこいつは、桐野の敵じゃねえのかよ？）

「そもそも、桐野は何処行ったんだよ？　祖父さんの身辺警護が桐野の務めじゃねえのかよ」

内心の不満を、勘九郎はそのまま言葉にした。

「師匠は、ちと調べものがあるとかで。……本当は、そっちの用を、俺が代われればよかったんだが、こう見えて、調べ事は苦手《にがて》でな。……まあ、それでお庭番もやめたわけなのだが――」

まるで悪びれぬ堂神に、勘九郎の怒りが爆発する。

「お庭番やめた奴が、なんでいまでも桐野の配下なんだよ。おかしいだろうがッ」

「え？」

「それにてめえ、桐野を殺そうとしてたじゃねえかよ。なんで桐野の言うこと聞いてんだよ」

「なんでと言われても……お庭番をやめても、桐野殿が我が師匠であることに変わりはないので……」

堂神は、容易く困惑した。

それもその筈、堂神にとって勘九郎は、師匠から言いつけられた警護の対象だ。なにをおいても護らねばならぬ相手なのだ。その相手から、あからさまな悪口を浴びせられている。堂神には返す言葉もない。

そういうところが、お庭番に向いていないと桐野が判断した所以《ゆえん》なのだろうが、それを、堂神本人に説明せよというのは酷《こく》だ。

「よい加減にせよ、勘九郎」

見かねて三郎兵衛が口を挟んだ。

「桐野に、別件の調べを命じたのは儂だ。お庭番である桐野は当然渋った。当然だ。

調べるには、儂の側《そば》を離れねばならぬからな。だが、それでも儂は、強要した。桐野が、己の信頼する者を呼び寄せ、己のそもそもの務めにあたらせるのは当然であろう」

「…………」

勘九郎は容易く言葉を失い、

「あ、あの、御前様――」

堂神が俄《にわか》に両眼を輝かせて三郎兵衛を見返してくる。

「し、師匠は、拙者のことを、最も信頼できる者と、言うておられましたか？」

「…………」

その雄偉な体格と裏腹、まるで小動物のように可憐な堂神の表情に、三郎兵衛は当惑した。

いま己が言葉を尽くして言い聞かせるべきは孫の勘九郎である。勘九郎が堂神に反撥する気持ちはなんとなくわかるので、本気で叱責するつもりはなかったが、堂神の態度の急変には、心ならずも困惑した。

桐野も堂神も、三郎兵衛にとっては得体の知れぬ異人種であることに変わりない。得体の知れぬ者は、得体の知れぬままにしておけばよい。

「兎《と》に角《かく》、いまは一刻も早くここを立ち去るのだ」

「え？」

勘九郎と堂神はほぼ同時に短く問い返した。

「当たり前だろう。これだけの人数を斬ったのだぞ。さすがに、町方が来るだろう」

苛立ったように三郎兵衛は言い、

「さっさと帰るぞ。……堂神も一緒に来い」

更に背中から告げて、そのまま真っ直ぐ歩を進めた。死屍累々《ししるいるい》となっている筈の火除け地を離れ、帰途につくためにほかならなかった。

勘九郎は当然そのあとに続き、意外や堂神も素直に従った。

三

「堂神は、なにか粗相をいたしませんでしたでしょうか」

三郎兵衛に招じ入れられると、桐野は腰を下ろす前に先ずそのことを問うた。

いつもの無表情ではなく、やや気まずげな様子なのは勘九郎の目にも新鮮だが、それほど堂神を案じているのかと思うと、些か面白くない。

「いや、別になにもないが」

「さ、左様でございますか。……あのとおり、礼儀もろくに弁《わきま》えぬ不作法者にございますれば、なにか不調法がございましても、何卒《なにとぞ》大目に――」

「心配するな。なにも不調法などない。そちが仕込んだのであろう。見事な腕前だった」

三郎兵衛が多少苛立った様子を見せたのは、堂神のことなどどうでもよいから、早く桐野の報告を聞きたいが故に相違ない。

そのため、祖父の傍らに座し、警護中の堂神が蕎麦を食いに行ってしまい、肝心なときに遅れて来たことを桐野に告げ口してやろうか迷っていた勘九郎は、その目論見《もくろみ》を諦めねばならなかった。もし言い出せば、三郎兵衛の叱責を食うことになるだろう。

「それで？」

桐野が腰を下ろすのを待ち、三郎兵衛は忙しなく問いかける。

「なにかわかったか？」

「はい」

と頷いたときには、桐野はいつもの涼しげな無表情に戻っている。

「小石川の一軒家に千鶴様と十歳くらいのお子様が移り住まれたのは、確かにいまより十年ほど前、享保十四年のことに間違いございません。近所の者から、町名主《ちょうなぬし》までが買収されている可能性を考え、町内に長く住まう老人にも聞き込んでまいりました」

「そうか」

「ですが、勘……いえ、次郎殿は、この数年どうやら小石川の家には殆《ほとん》ど帰っておられなかったようでございます」

言いかけて、勘九郎の視線に気づいてすぐに次郎と言い直したのは、桐野の慮《おもんぱか》る相手が三郎兵衛ではなく勘九郎である証左だが、当の勘九郎は聞き流し、

「次郎殿？」

慮られなかった三郎兵衛が聞き咎めた。

「あ、いえ……亡くなられたご長子……若君のお父上が太郎殿なので、勘三郎殿は次郎殿かと……」

「ふん、そちらしゅうもない、くだらぬ冗談だのう」

桐野らしからぬしどろもどろな言い訳には、だがもとより興味はないようだった。

「家に帰らず、あやつは何処で何をしておったのだ？」

「元服なされた頃から、悪い仲間に加わり、無頼《ぶらい》の暮らしをなされていたようでござ

います」

「なに、無頼の？」

三郎兵衛はさすがに顔色を変えた。

「一体なにをしておったのだ？　あのような頼りない者に、一人前の悪事が働けるのか？」

「遊ぶ金欲しさに、悪い仲間に入られたのでしょう。……母君はとても厳しいお方で、ほんの幼児の頃から、たとえ一文二文の金をくすねても、ひどく叱責されていたそうでございます」

「あの千鶴殿ならば、さもありなん」

「『武家の者が、浅ましい真似をするでない』と厳しく叱責する千鶴様の声を聞いたという者は、町内に一人や二人ではありませんでした。悪い仲間から声をかけられ、易々と与《くみ》してしまわれたのは厳しすぎる母上への反発があったのかもしれません」

「だとすれば、とんだ出来損ないじゃ、あやつは。あれほど立派な母を持ちながら、その母に反発するとは、なんという罰当たりじゃ」

三郎兵衛が真っ赤になって怒気を発したのは、二十年もの長きに亘《わた》り、たった一人で生計を立て、子を育ててきた千鶴に対する敬意の表れである。

己の子であるか否かは別として、確かに男女の仲であった女に対する、それが精一杯の愛情表現だった。

「それで、その悪仲間とは？」

「主に、勤番侍の子弟らしゅうございます」

「勤番侍の子弟だと？……何処の、何藩の者だ？」

「そこまではわかりませぬが、旗本・御家人の子弟と違い、数年すれば国許《くにもと》に帰ってしまう勤番侍の子弟は、なにかあれば親のいる藩邸に逃げ込んでしまえば、もう町方は手を出せませせぬ。それ故、やりたい放題でございます」

「うぬぅ……」

三郎兵衛は無念の唸りを上げる。

「次郎殿は、或いは千鶴様が大店に出入りする芸事の師匠であることから、仲間に引き入れられたのかもしれませぬ」

「それは、どういう意味だ？」

「たとえば、千鶴様の名を使って大店の娘を連れ出し、拐《かどわ》かして手籠《てご》めにする——」

「なにッ！」

「たとえば、でございます。……大店の主人は、たとえ娘の身になにが起ころうと、無事に帰って来た以上は、世間体《せけんてい》を憚《はばか》り、事が外に漏れぬよう、全力を尽くします。憎い下手人《げしゅにん》どもに対しても、口を封じるためなら金に糸目はつけぬでしょう」

「なんという……」

満面を朱に染めた三郎兵衛が思わず絶句してしまったのは、その怒気が、かつて愛した女への想いを凌駕し、本気の怒りに変わったからにほかならない。

両拳をきつく握りしめた三郎兵衛は無意識に腰を上げると、

「黒兵衛ッ」

屋敷の何処にいるかもわからぬ老用人を、大声で呼んだ。

「おい、なんだよ、急に。……黒爺《くろじい》なんて、とっくに寝てるよ」

勘九郎が慌てて押しとどめる。

「寝ておるならば、叩き起こせ」

「なんで黒爺を呼ぶんだよ？」

「勘三郎めを呼んで来させるのだ」

「叔父上なら、俺が呼んで来てやるよ」

三郎兵衛の剣幕に内心怯《ひる》みつつも、勘九郎が冷静に応じると、

「そうか。では、頼む」

三郎兵衛もまた冷静に述べた。

「儂が呼んでいるとは言わず、酒でも飲もうと言って誘い出せ」

だが、三郎兵衛の言葉を終《しま》いまで聞かずに、勘九郎は祖父の居間を出た。

「では私も、これにて失礼いたします」

続いて桐野も腰を上げる。

「え？」

「勘三郎様に、私の姿は見られぬがよいかと存じます」

「それはそうだが、別にそう急がずとも……」

三郎兵衛が戸惑ううちにも、桐野はそれきり姿を消した。

（なんなのだ、桐野……）

三郎兵衛は少しく狼狽《うろた》えた。

今回三郎兵衛は、殆どの調べを桐野に任せていた。孫に知られることすら憚られた己の過去を、すべて桐野にはうち明けているのだ。即ち、心底信頼するが故なのに、このところ、桐野の態度は何処か余所余所《よそよそ》しい。

なにやら、この件から距離を置きたがっているようにも見える。

（確かに、公儀お庭番である桐野にとっては迷惑な話なのかもしれぬが……）

矢張りお庭番には人の情というものがないのか。

立ち去った桐野が、もし三郎兵衛の心中を知れば、さぞや情けなく思ったことだろう。まさか桐野が、三郎兵衛ではなく勘九郎の心中を慮るが故に、そういう態度になっているとは夢にも知らない。知れば知ったで、

(儂ではなくて、何故勘九郎を慮るのか)

と嘆いたであろうが——。


「も、申しわけございませんッ」

勘三郎は、例によって火熨斗《ひのし》をあてた裃《かみしも》の如く、ペタリと畳に体を這わせて、平身低頭した。

「どうか、おゆるしくださいませッ」

「顔をあげよ、勘三郎。儂が訊いたことに答えよ」

「おゆるしくださいッ」

「ええい、わからぬ奴よのう。許すか許さぬかは、そちの話を聞いてからだと言っておろうがッ」

「ひゃひッ」

深々と顔を伏せたままで、勘三郎は小さく戦《おのの》く。

「祖父さんの言うこと聞いたほうがいいよ、叔父上。……千鶴さんが教えてた娘たちになにか酷いことしたなら、祖父さん、叔父上のこと殺すよ」

勘九郎はその耳許へそっと囁いた。口調こそは優しげだが、その言葉は獄吏《ごくり》の処刑宣告の如く恐ろしい。

「………」

勘三郎の体は、忽ち凍りつく。

(本気で怯《おび》えてるな)

それが面白くて、勘九郎はつい悪のりする。

「武家の家を甘く見ちゃダメだよ、叔父上。……毎日タダ飯食えて、誰からも狙われる虞《おそれ》がないくらいの気易さで、うちに転がり込んで来たのだとしたら、とんだ御門違《おかどちが》いだぜ。武士は、なにか不始末しでかしたら、すぐ腹切らなきゃならないんだから
――」

「は、腹を……」

勘三郎の震えは更に激しさを増した。

「だって、仕方ないだろ。さんざ外でおいたして来て、護ってくれる母上が亡くなっ

たからって、あんたが生まれてから一度も会ったことのない親父の家で匿《かくま》ってもらおうなんて、虫がよすぎやしねえか、叔父上？」

ここぞとばかりに、勘九郎は囁き続けた。

「赤の他人なら奉行所に突き出せばいい話だが、身内となれば話は別だ。松波家の家名を護るため、潔く腹切ってくんな、叔父上」

「お助けくださいッ、どうか、お助けくださいませッ」

「恥を知れ、勘三郎ッ」

三郎兵衛の怒声が再び轟《とどろ》く。

「お、脅されたのでございます」

「脅された？」

「脅されて、心ならずも従ったのです」

「たわけたことを言うでないッ」

「ほ、本当です。脅されて仕方なく……か、金を借りているのです。博打《ばくち》で借金を作ってしまい……母上に話しても、どうせ叱られるだけだし……」

「博打で借金を作っただと！　貴様という奴は、一体どこまで腐り果てておるのだッ」

言い放つや否や三郎兵衛が踵《きびす》を返したのは、刀架の大刀を摑むためだった。

「待て、祖父さん！」

勘九郎は思わず声を上げる。

殺気だった三郎兵衛の目に本気を読み取ったためだ。

「逃げろ、叔父上」

「え？」

「いいから、庭へ逃げて、しばらく土蔵の中にでも隠れてろ。……早く、行けッ」

「…………」

勘三郎は言われたとおり、裸足で庭へ駆け降りると、忽ち闇の中へと姿を消した。

(逃げ足、速えな)

勘九郎は内心舌を巻く。

「これ、待て、勘三郎ッ。待たぬか、この、不届き者めがッ」

勘三郎を追って縁先から庭へ降りようとする三郎兵衛を、だが、

「いい加減にしろよ、祖父さん」

冷ややかな口調で勘九郎が止めた。

「何故止める、勘九郎」

「当たり前だろ。本気で奴を斬る気かよ？」

「………」

三郎兵衛は漸く我に返って足を止めた。

勘九郎に指摘されるまで、己の頭にどれほど血が上っているかにも気づいていなかった。

（本当に儂の子かどうかは兎も角、あの千鶴殿の血を分けた息子が……）

と思った瞬間、我を忘れた。

そのことを、自ら恥じたところへ、

「祖父さんが、千鶴さんて人のことを急に気にしだしたのは、叔父上が自分の子かどうかってことより、二十年ものあいだ、千鶴さんを忘れてたことへの後悔からなんだろ」

勘九郎に図星を指され、三郎兵衛は一層深く落ち込んだ。

「もし忘れてなかったら、後妻に娶《めと》ってたのか？……俺の、義母上《ははうえ》になってた人なのか？」

「たわけめ。儂の後妻なら、うぬの義祖母様《おばあさま》じゃ」

「………」

三郎兵衛の指摘に、勘九郎は一瞬間口を噤《つぐ》む。

「だが、お前の言うとおりだ、勘九郎。どうやら儂は、千鶴への想い故に、我を忘れておったようだ」

言いつつ三郎兵衛は座敷へ戻り、刀を刀架に戻す。

「悪かったのう、勘九郎」

「え？　なにが？」

「今日一日、つまらぬ儂の感傷につきあわせてしもうた。……すまなんだ」

「別に、つまらなくはねえよ」

「え？」

「古稀過ぎた男の未練なんて、なかなかお目にかかれるもんじゃねえから」

「こやつ！」

「それに、その未練のおかげで、面白ぇもんを見た」

「面白ぇもんだと？」

「祖父さんが、普段なら絶対見逃さねぇ極悪のイカサマ野郎を、あっさり見過ごしたこと」

「ああ、あやつか」

三郎兵衛は激しく舌打ちした。

もとより、見過ごしたつもりはない。

あの場では聞き流しても、後日しっかり調べるつもりであった。

だが、今更ここでそれを言っても、益々《ますます》体裁が悪くなりそうで、三郎兵衛は間際で堪えた。

間際で堪え、

「その小石川の一軒家だが――」

唐突に話題を変えた。

「え？」

「儂も行ってみたい」

「千鶴さんの住んでた家のこと？」

「そうだ。明日、連れて行け」

「あ、ああ」

不得要領に頷きながら、そういえば三郎兵衛は何故、今日商家をまわる前に、千鶴の住んでいた家を見たい、と言い出さなかったのか、不思議に思った。

（娘たちに話を聞くよりなにより、先ずそのひとが住んでた家を見てみたいと思うほ

うが自然だよなぁ)

少しく首を捻ってみたが、勘九郎にはわからなかった。

見たい、と思う気持ちが半分。だが、その気持ちを、嫉妬という名の魔物が邪魔した。

それもまた、哀れな男の未練であろう。

彼女の住んでいた家に行き、もしそこに、男がいたかもしれない形跡でも見出してしまったら、三郎兵衛には平静でいられる自信がなかった。

古稀を過ぎた祖父の中に、そんな煩悩が渦巻いていることなど、勘九郎は夢にも知らない。知ればさすがに、呆れ返ることだろう。

四

「おい、これは一体どういうことだ?」

引き戸を開けて中を一瞥《いちべつ》するなり、三郎兵衛はその場に立ち尽くした。

「え?」

後ろから覗き込んだ勘九郎もまた、同様に絶句する。

土間から上がり框《かまち》にかけては、大勢の者が押しかけたであろう泥だらけの足跡――。

その先も、同様であった。

「この前来たときは、こんなことにはなってなかったぜ」

言いつつ勘九郎は草履《ぞうり》のままで上がり込む。それを見て、少しく躊躇いつつも、三郎兵衛も履物のまま家に上がった。

はじめての家に土足で上がるのは気がひけるが、仕方ない。すべて、泥足で上がり込んだ先客のせいである。

「うわッ」

部屋の入口で、勘九郎は再び絶句した。

先日来たときには綺麗に片付いていた居間が、盗賊に荒らされた跡の如く化している。

神棚も簞笥も、ものの見事にぶち壊され、中身が一面に散乱していた。

「これは……盗っ人の仕業《しわざ》としても、酷すぎる」

今度は絶句した勘九郎の背後から三郎兵衛が覗き込む。

散らかされた肌着や着物、筆や帳面に混じって、子供の玩具らしき狐《きつね》の面や古びた風車《かざぐるま》もある。おそらく、子供がまだ小さかった頃の思い出の品として、行李《こうり》の中にでも大切に保管されていたのだろう。

そんなものまで洗いざらい曝《あば》いては、目的物でなかったからといって無惨にうち捨てる賊の非道さが、三郎兵衛には心底憎かった。

「けど、なんでわざわざ、人の住んでねえ空き家に盗っ人が入るんだよ」

「空き家でも、こうして荷を置いたままにしておるからだろう」

勘九郎の問いには事も無げに答えるが、三郎兵衛の足はその場で止まっている。

「そうだ。まだ荷物があった」

思い返して、勘九郎は先へ進んだ。

勘三郎が、母親の位牌を隠していた部屋のことが気にかかる。なにしろ、大店の娘が嫁入り道具にしそうな白木の簞笥が二棹もあった。盗っ人の狙いは、ほぼあの簞笥の中身であろう。千鶴の娘時代の着物や、御拝領の小太刀などがしまわれているに違いない。

予想に反せず、簞笥と行李を並べた部屋の惨状は、凄まじいものだった。

簞笥も行李も、粉々に破壊し尽くした挙げ句に、多少は値打ちのありそうな友禅《ゆうぜん》や縮緬《ちりめん》の着物も、その他の布地も、悉《ことごと》く踏みにじられていた。

「なんだ、これは？」

三郎兵衛は茫然と立ち尽くした。

町奉行の頃、何度か酷い押し込みの現場に立ち合ったことがある。そのときと似た光景を目の当たりにしている。

が、決定的に違っているのは、それが、明らかに金目のものを所蔵している大店ではなく、およそ金目のものなどありそうにない無人の空き家であることだった。

金目のものがないとわかりきっているところへわざわざ押し込む盗賊はいない。

(だが賊は、ここになにか金目のものか、或いは金品にも勝る貴重なものがあると踏んで押し入ったのだ。そうでなければ、ここまでするわけがない)

三郎兵衛は確信したが、同時にいやな予感に見舞われてもいた。

千鶴が亡くなったのは、ひと月ほど前のことだ。そのあいだ、借家がそのままになっていたのは、勘三郎のだらしなさは勿論、同時に大家《おおや》の寛容さもあってのことだろう。

家賃は通常、ひと月分を先払いで納めるきまりであるから、金に厳しい大家であれば即刻立ち退きを命じられてしまう。

「この家の大家は何処の誰だ？」

三郎兵衛がふと訊ねると、

「ああ、このあたりの町名主で、徳兵衛《とくべえ》って男だ。すぐ近くに住んでるよ」

勘九郎は即答し、だが三郎兵衛の問いの意図を察すると、

「家賃のことなら、この前叔父上と来た帰りに寄って、話を聞いたよ」

三郎兵衛が聞きたいことをスラスラと答える。

「それで？」

「それが、ここの家賃は半年先まで払われてるって言うんだ。だから、家の片づけのことは気にせず、ゆっくりやってくれたらいい、って——」

「なんだと？」

三郎兵衛の表情は忽ち険しさを増す。

「千鶴が、払ったのか？」

「他に誰が払うんだよ」

「…………」

「あれほどの大店の娘たちに出稽古をつけてたんだ。それくらいの金を持ってても不思議じゃないだろう」

「それはそうだが……」

いやな予感を懸命に打ち消しながら、三郎兵衛は考え込んだ。

住人の死後一ヶ月も経ってから賊が侵入したのは、一ヶ月経っても家の中がほぼ手つかずであることを知っていたからに相違ない。欲しい物を、確実に手に入れようと思うなら、もっと早く来ていた筈だ。

(どうやら、勘三郎めを締め上げて、もう少し詳しく話を聞かねばならぬようだな)

三郎兵衛が浮かぬ顔をしていると、

「あ、もしかして祖父さん、千鶴さんに旦那がいたんじゃないか、って疑ってるのか?……ないない、それはないって」

本気とも冗談ともとれそうなことを勘九郎は言い、屈託なく笑った。

その言葉が耳に届いていないわけではなかったが、三郎兵衛はニコリともせず、屋敷へ戻るまで終始不機嫌に押し黙っていた。

第四章　行者と姫君

一

「池田家の姫だと？」

三郎兵衛は問い返した。

が、一応問い返しておかねば無関心に聞き流していることがバレてしまうから、というだけの理由で問い返してみたに過ぎない。

「正確には、一度《ひとたび》御家門に嫁《とつ》いで離縁なされておられる故、姫ではなく、御方様《おかたさま》、或いは御簾中《ごれんじゅう》とお呼びするべきかと存じますが……」

大真面目な顔つき口調の稲生正武《いのうまさたけ》の言葉を、

「御簾中は、御三家或いはそれに準ずる権門《けんもん》の御正室に対する敬称だ。目下《めした》の御家門に嫁いだ出戻りなど、姫でも御方様でもなく、寡婦《やもめ》で充分じゃ」

　三郎兵衛は無遠慮に遮《さえぎ》った。

「言葉が過ぎますぞ、松波様」

「過ぎるものか、事実ではないか」

「池田様は、苟《いやしく》も三十一万石の御大家《ごたいか》でございます」

　稲生正武は強く戒《いまし》めるが、

「なんだ。目を白黒させおって、見得《みえ》でも切っておるつもりか？」

　三郎兵衛は一向《いっこう》意に介さない。

　勘三郎が屋敷から姿を消して、早《はや》三日。

　ただでさえ気が滅入っているというのに、稲生正武はまたぞろ退屈そうな話を持ち込んできた。我慢して一応聞こうとしているだけでも、褒めて欲しいくらいだ。

「で、その池田家の出戻りだか寡婦だかが、どうしたと？」

「聞いておられなんだのですか、松波様」

　稲生正武はあからさまに厭《いや》な顔をした。

　三郎兵衛はぼんやり聞き流してしまったが、最前《さいぜん》座敷に通された稲生正武は作法どおりの挨拶をした後、開口一番、

「池田家の姫の行状に不審の儀あり」

という要件を、口にしていたのである。

「…………」

聞いていなかったわけではないが、大名家の姫君が悪さをするといえば、せいぜい男でもひき込んでご乱行を繰り返すくらいが相場である。三郎兵衛にとっては最も苦《にが》手《て》で、最も興味のない話だ。

要するに、大名家の姫の醜聞ではないか。

親である藩主——もしくは、それに次ぐ立場の者が厳しく叱り、然るべく沙汰をすればいいだけの話だ。

いい歳をした大目付二人が、面《ツラ》突き合わせてあれこれ知恵を出し合うほどの問題ではない。

が、稲生正武の表情はどこまでも真剣であった。

「それがしとて、暇を持て余してこちらにお邪魔しているわけではござりませぬぞ」

「…………」

厳しく言い放たれて、さしもの三郎兵衛も言葉を失う。

「そもそも、ご登城いただくよう何度もお願いいたした筈でございますが、なんの音沙汰もなく、十日以上も出仕されておられぬ。……如何に芙蓉之間《ふようのま》の留守居とはいえ、無断で十日も休まれるのは、あまりに自儘《じまま》が過ぎるというものではございますまいか」

「それは……悪かったと思うておる」

三郎兵衛は無意識に小さくなった。

確かに、十日以上無断で出仕を怠ったのは事実である。それも、私事にかかりきりになっていたためだ。

突然三郎兵衛の前に現れた勘三郎は、現れたとき同様、突然姿を消した。

もとより、桐野に命じて捜させているが、未だ見つかっていない。迷子の子供を捜すのとはわけが違う。意志を持った大人が自ら去り、姿を隠しているのである。

如何にお庭番でも、容易に見つけられないのかもしれない。

ただ、稲生正武が自ら松波家を訪れたこの日、勘三郎が屋敷にいなかったことは、不幸中の幸いと言えただろう。

稲生正武は、存外勘がいい。

もし勘三郎が屋敷内にいれば、それ故に発生する屋敷内の微妙な空気に気づかぬとも限らない。

気づけば即ち興味をいだき、間者《かんじゃ》を放ってでも突き止めようとするだろう。

その結果、三郎兵衛に隠し子がいるなどということが露見すれば、一大事である。

三郎兵衛は恥ずかしくて金輪際《こんりんざい》登城できない。

（だいたい、いつもは用もないのに城に来なくていい、と言っているではないか、次《じ》左衛門《ざえもん》）

喉元まで出かかる言葉を懸命に呑み込み、神妙な面持ちを見せた。

ここで余計な言葉を返してぼろを出し、余計な詮索をされたくはない。

或いは、たいした用件でもなさそうなのにわざわざ松波の屋敷を訪ねて来たのは、なにか嗅ぎつけたからではないか、とさえ、三郎兵衛は勘繰った。

それ故しばし神妙な様子を見せてから、

「それで、不審の行状とは、具体的にはどのようなことなのだ？」

阿《おもね》るように、三郎兵衛は訊ねた。

「おもに、強請《ゆす》り、騙《かた》り、押し借り等でござろうか」

「なに、強請り？」

稲生正武が淡々と述べる言葉に、三郎兵衛はさすがに顔色を変えた。

「大名家の姫が、何処《どこ》の誰に対して強請りを働くというのだ？」

「主に、富商《ふしょう》、大店《おおだな》の主人に対して、でございますな」

「大店の主人だと？」

「有り難い法力など微塵も持たぬ騙り坊主を送り込み、あれこれと因縁をつけさせるのでござる。たとえば、『二、三日中に盗賊が入るから、裏口の閂《かんぬき》をしっかりしたものに替えておかねばならぬ』とかなんとか、もっともらしいことを言うて……」

「二、三日後、実際に盗賊をさし向け、門の壊れた裏口から侵入させようとする、とか？」

「………」

稲生正武は驚いて三郎兵衛を見返し、しかる後、

「ご存知でしたか？」

さも意外そうに問い返した。

「詐術の初歩だ。……如何にも意味ありげな予言めいた言葉を吐き、それを実現させ、主人の信頼を得る。二度三度と斯様《かよう》なことが続けば、並の者ならば存外あっさり信じるものだ」

「さすがは松波様。世情によく通じておられます」

とってつけたような稲生正武の言葉は当然阿諛《おべっか》だが、三郎兵衛はかまわず言葉を

続けた。

「だが、儂《わし》にはわからん。斯様な子供騙《だま》しに、何故《なにゆえ》江戸でも有数の大店の主人が騙されるのだ？　商人《あきんど》という連中は利に聡く、仮に己は人を騙しても、容易には騙されぬものではないのか」

やや怒気を含んだ三郎兵衛の問いに、

「だからこそ、ではございますまいか」

すっかりいつもの顔つきに戻った稲生正武は淡々と応じる。

「だからこそ、とは？」

「親の身代を継いだ者であれ、一代で富を築いた者であれ、日頃反覆常ない厳しい商売の中に身を置いている者は、存外容易《たやす》く騙されまする。……まさか、己が他者に騙されるとは、夢にも思っておりませぬ故」

「…………」

「そうは思われませぬか？」

「いや……」

三郎兵衛は緩《ゆる》く首を振った。

稲生正武の言わんとすることはわかる。

確かに、日頃から他者を騙すことに長じた者は、まさか己が騙される側にまわるなど、夢にも思わないだろう。

それはわかるのだが、商人がすべて利己的で、人を騙してばかりの悪人とは限らない。中には、誠実な商いで地道に財を築いた者もいるだろう。

稲生正武の言い方は極めて断定的で、一つの例外もないかのようだった。

三郎兵衛にはそれが些《いささ》か気に入らず、しばし口を噤《つぐ》んでいた。

すると稲生正武はふと口調を改め、

「ともあれ、女子《おなご》の悪事には多くの者が関わるものでございます。それ故、早急に策を講じねばなりませぬ」

三郎兵衛の顔色を窺《うかが》いつつ言う。

「何故早急にせねばならぬのだ？」

「いま申し上げたとおりでございます。女子は、なにをするにも多くの者を巻き込みます故、さほど悪事に関わっておらぬ末端の者までが罪に問われることになるのでございます」

「…………」

いつもの稲生正武からは考えられぬほど熱を帯びたその言葉に、三郎兵衛は容易く圧倒された。

「正徳《しょうとく》の……中﨟《ちゅうろう》・絵島の事件をお忘れか」

「あ、ああ、確か、そちが目付として裁いた事件だったな。絵島は配流《はいる》となり、相手の男は斬首された」

稲生正武の名を広く世間に知らしめることとなった事件である。忘れるわけがない。

「当事者が裁かれるのは当然でございます。が、あの折は当事者以外にも、多くの者が罪に問われ申した。……男を手引きした者はもとより、文を届けた者、中身がなにかも知らずに長持運《ながもち》びを手伝わされた者たち……多くの者が、追放や遠島に処されたのでござる。もしこれが、大奥がらみではなく、ただの男女の不義密通であれば、あまで大事になることもなかったでしょう」

「それはそうだろう」

つい反射的に応えてしまってから、だが三郎兵衛は己の不用意な返答を激しく悔いた。

「松波様」

次の瞬間、炎のような目で睨みつけられたのだ。

「ど、どうした、次左衛門?」

「あのときそれがしが、どのような思いで罪人を詮議し、裁いたと思われます？……それがしとて、血も涙もない鬼ではございませぬぞ」

「そうなのか？」

と問い返したい気持ちをどうにか抑え込み、三郎兵衛は黙って稲生正武の話に耳を傾けた。

「しかも、世間では、それがしが絵島や他の中臈たちを拷問にかけ、自白を強要させたかの如く言われておりますが、全くの事実無根――」

「そうなのか？」

今度は自らの心の欲するところに負け、三郎兵衛は思わず問い返す。

「左様。……芝居の悪役にまでされ申した」

稲生正武の語調は、次第に悲哀を帯びていた。

「そもそも、一介の目付であるそれがしに、拷問をしたり、裁きを下せるような権限があるとお思いか？」

「な…いな」

三郎兵衛は仕方なく首を振る。

するとと稲生正武は、得たりとばかりに身を乗り出した。

「そのとおりでございます。裁きに於ける責任者はあくまで大目付の仙石久尚《せんごくひさなお》殿にあり、詮議の責任者は中町《なかまち》奉行の坪内定鑑《つぼうちさだかね》殿でござった。目付のそれがしは、せいぜいこのお二方に言われるまま、その命《めい》に従ったまででございます」

「ああ、当時はまだ中町奉行所があったのだったな」

わざと的外れなことを口走って話題を逸《そ》らそうと試みるが、無駄だった。

「松波様ッ」

武芸でも膂力《りょりょく》でも到底かなわぬ三郎兵衛を相手に、いまにも摑みかからん勢いで、稲生正武は言う。

「いま我らは大目付の地位にありまする」

「ああ、そうだ」

「ということは、詮議も裁きも、我らが責任をもって行えるということでございます」

「そうだな」

「つまり、罪人を出すも出さぬも、我らの胸先三寸ということでございまする」

「ちょっと待て、次左衛門――」

三郎兵衛は慌てて話を止めようとした。

稲生正武の語気の強さに、よからぬものを感じ取ったのだ。

「なんでござる、松波様？」

「よいから、落ち着け、次左衛門」

「それがしは、いたって落ち着いております」

と真顔で言い返した稲生正武の顔は無意識のうちに上気している。どう見ても落ち着いている人間の顔色ではない。

「悠長なことを言っている場合ではありませぬ、松波様。これは由々《ゆゆ》しき問題なのですぞ」

だが、三郎兵衛が予想したとおり、己を押し留めようとする言葉に、稲生正武は案の定耳を貸さない。

そこで三郎兵衛は一旦口を閉ざしてから、つと呼び方を変えた。

「稲生下野《しもつけ》」

心なしか、声色もその人に似せたつもりである。すると、

「上様……」

稲生正武は一瞬ハッとなり、しかる後威儀を改める。

「なんでございます、改まって——」

「大丈夫か、次左衛門？」

「それがしは……」

言いかけて、稲生正武はそこで漸《ようや》く我に返った。

さすがは出世欲の権化。上様を思い出したことで、瞬時に頭が冷えたのであろう。

「先ずは、茶を飲め、次左衛門。話は、それからじゃ」

「はい」

頭を冷やした稲生正武は、三郎兵衛に促されるまま、目の前の茶托から茶碗をとり、ゆっくりと口に運ぶ。運ばれてから相応のときが経っているので、最早《もはや》熱くはないはずだ。それを承知で、三郎兵衛は茶を勧めた。

温《ぬる》い茶は頭を冷やし、気持ちを落ち着けてくれる。

黙って茶を飲む稲生正武を、内心安堵しながら見守りつつ、思うともなく三郎兵衛は思った。

(正徳のあの事件の頃といえば、こやつもまだ二十代の若僧か。……さてはその頃、偶々《たまたま》見初《みそ》めた奥女中でもいたのかな)

呼び出しをかけても無視し続ける三郎兵衛に業《ごう》を煮やしてやって来た稲生正武を、ただただ厄介な存在と思っていたが、どうやらそれは三郎兵衛の了見違いであったようだ。

（こやつにはこやつなりの思いもあったのだな）

三郎兵衛はおおいに己の不明を恥じた。

少しくほろ苦く、それでいて何故か晴れ晴れとした気分であった。


「それで、池田家の姫についての調べはどれほど進んでおるのだ？」

稲生正武の気持ちがすっかり落ち着くのを待って、三郎兵衛は問いかけた。

「お庭番に調べさせておりますので、じきに全容が知れようかと――」

稲生正武は、すっかりいつもの彼に戻り、殆《ほとん》どなんの感情も見せずに言う。

「大事《おおごと》にしたくないのであれば、簡単な話だ。池田家の江戸家老を酒楼にでも招き、世間話のついでにチラッと匂わせればよい。そちは得意であろう。……さすれば、あの家の家老は賢い者ばかりだから、容易く察する。察すれば即ち、しかるべくはからう筈だ」

「江戸家老を呼びつけるわけにはゆきませせぬ」

「何故だ？」

「菊姫《きくひめ》様は、池田家の上屋敷に住まわれてはおられませぬ」

「では、何処に住んでいるのだ？」

「御家門に嫁がれる際、下谷御成《したやおなり》街道に賜った拝領屋敷に、いまもお住まいでございます」

「なに、拝領屋敷だと？　大名家の姫が嫁ぐ際には、そのような仕来《しきた》りがあるのか？　儂は聞いたことがないぞ」

「いえ、必ずしも仕来りではございませぬ」

「仕来りでないなら、何故？」

「菊姫様は、その……ご兄弟の中でも、殊《こと》の外《ほか》、お父上に愛されておられ――」

「なるほど、寵愛されたお国御前《くにごぜん》の子か？」

極めて言いにくそうに言葉を濁す稲生正武から、三郎兵衛がきっぱりとその先を引き取った。仕来りにもないことを敢えてせずにはいられぬほど甘やかす理由は、一つしかない。だが、英邁と評判の池田家の殿様が、側室に産ませた娘を溺愛し、甘やかしているとは、稲生正武には言いにくかったのだろう。

「如何にも」

稲生正武は小さく頷いた。

「さもありなん」

当然だ、と言わんばかりに三郎兵衛も頷く。

籠姫の娘であったことで、幼少時から甘やかされて育った姫を、他家に嫁がせて苦労させるよりは、親戚筋の御家門に嫁がせて江戸住まいさせれば、参勤の度に会うことができる、との父の配慮が仇《あだ》となった。

苦労させたくない一心で嫁ぎ先に選んだ目下の家を、当の菊姫が最も気に入らなかったのである。貧相な風情の夫も気に入らなければ、なにもかも、実家より数段劣る嫁ぎ先の上屋敷も気に入らなかった。

そんな矢先、国許《くにもと》の側室に子ができた、という理由で離縁を願い、あっさり聞き入れられた。

その頃には、英明なる池田公にも、甘やかされた娘の実態が理解できている。

それ故、離縁した菊姫は国許には戻らず、江戸に住み続けた。婚家を去っても、拝領屋敷がある。

実家の上屋敷では、それこそ江戸家老の息のかかった者に四六時中《しろくじちゅう》見張られているから、さすがに悪さを働くことはできなかっただろう。

気心の知れた者ばかりに囲まれた拝領屋敷で、毎日のびのびと過ごしている恵まれすぎた大名家の姫のことを思うと、三郎兵衛の中には次第に本気の怒りが湧いてきた。

「で、おぬしは、この件をどう処理しようと考えておるのだ？」

内心の怒りを堪えつつ、単刀直入に三郎兵衛は問うた。

「できれば、池田家の姫のことは不問に付したいのでございます」

「だが、姫こそがこの一件の元凶ではないのか」

「姫を罪に問えば、父君の継政公にも少なからず累《るい》が及ぶことになり申す。それだけは、なんとしても避けねばなりませぬ」

「何故それほど、外様の岡山藩を気にかけるのだ？　おぬしらしくないな」

「それは……」

稲生正武は、しばし言葉を躊躇《ためら》ってから、

「御当代・継政公は、正徳四年に家督を継がれてから、常に善政を敷き、飢饉の折にも一揆を起こさせなかったという稀有な藩主でございます。……斯様《かよう》なお方を、くだらぬ面倒に巻き込みたくはございませぬ」

至極まともなことを言う。

「ふうむ……」

三郎兵衛はつくづくと稲生正武を見た。

今日、いまこの瞬間目の前にいる稲生正武は、三郎兵衛の知る稲生正武とはまるで別人のようである。

万人を納得させるほど筋の通ったことを言い、三郎兵衛でさえ充分納得してしまう。

果たして己は、夢でも見ているのか。

夢でないとすれば、実に不思議な日だと三郎兵衛は思った。

(さては、継政公になにか借りでもあるのかな?)

それでもなお勘繰らずにはいられなかったが、兎《と》に角《かく》、三郎兵衛の近況をなにか嗅ぎつけ、探りを入れに来たのでないことだけは確かなようだ。

「そんなわけで、なにかよい思案はないか、松波様にお知恵をお借りしたく思いまして」

ゆっくりと言ってから、稲生正武は軽く畏《かしこ》まる。

「如何でございましょう?」

「ならば、姫と、騙り坊主の一味を引き離すしかあるまいな」

「どうやって?」

「まさか、騙り坊主の一味が、姫の拝領屋敷に堂々と出入りしているわけではあるまい?」

「それは……どうでしょうか?」

「確かめておらぬのか？」

「お庭番が調べております」

「いますぐ、お庭番の調べをやめさせろ」

「え？」

「お庭番が、動かぬ証拠を摑んでからでは遅い」

「あ！」

稲生正武はそこではじめて、己の失策に気がついた。

「お庭番には、『疑いが晴れた』とかなんとか言って、誤魔化すのだ」

「はい」

己の失策に気づいた稲生正武は素直に頭《ず》を低くする。

「であれば、あとは、騙り坊主とその一味の者を一網打尽《いちもうだじん》に引っ括《くく》るなり、町方に突き出すなりすればよいだけのことだ」

事も無げに、三郎兵衛は言った。

「しかし、そうすると、町方に捕らわれた一味の者の口から、池田家の名を暴露されたりせぬでしょうか」

「されたとしても、別にかまわんだろう。町方は、大名家には手出しできぬ」

「し、しかし……」

稲生正武はなお不安そうに眉を顰《ひそ》め、三郎兵衛はそんな稲生正武を好もしく思った。日頃は可愛げのかけらもない稲生正武のそんな表情が見られただけで、不思議ではあるが、今日はとてもよい日だと三郎兵衛は思った。

二

三日前。

三郎兵衛と勘九郎が、千鶴の借りていた小石川の家から屋敷に戻ったとき、既に勘三郎の姿は屋敷の何処にもなかった。

前日三郎兵衛から叱責された勘三郎は、勘九郎に指示されたとおり、一旦は勝手口近くの土蔵に隠れた。

その後、勘九郎が土蔵を覗きに行くと、

「どうしよう、勘九郎殿」

泣きそうな顔で縋りついてくるので、仕方なく、己の寝所である離れにかくまった。

翌日、三郎兵衛とともに小石川の家に行く際には、

「帰って来る頃には、祖父《じい》さんの機嫌もよくなってると思うから」

と言い置いた。

情けない姿を曝している者を見るとつい憐れみがこみ上げて、どうしても冷たくできない。たとえそれが、いけ好かない相手でも、だ。

「もう一度、祖父さんとちゃんと話をして、よく謝《あやま》ったほうがいいぞ。嘘さえつかなきゃ、祖父さんは怒らないから」

「は、はい。そういたします」

拝むように勘三郎は言い、勘九郎を送り出した。まさかあの時点で、松波家を去るつもりでいたとは夢にも思えなかった。

どう見ても、いま知らされている事実以上に重大な秘密を抱える悪人には見えなかったのだ。

それ故、勘三郎が姿を消したと聞いて、より激しく衝撃をうけたのは、勘九郎のほうだった。

「叔父上」呼びは三郎兵衛に対する明らかな嫌がらせで、実際のところ、勘三郎を弟のように思いはじめていた矢先のことだ。

「本当に、屋敷から出て行ったのか?」

勘九郎は訝《いぶか》り、黒兵衛に問うた。

「祖父さんのことを怖がって、どこかに隠れてるんじゃないのか？」

「そう思い、隅々《すみずみ》までお捜ししたのですが……それに、あのお方は、お腹がすくと、食事時でなくともずかずかと厨《くりや》に入ってこられ、『なにか食わせてくれ』とおっしゃいまして……今日は朝からお食事を差し上げていないのに、我慢できる筈がございませぬ」

躊躇いつつも、黒兵衛は述べた。

己の家族をもたぬ黒兵衛は、骨の髄まで松波家の用人で、勘九郎を実の孫のように思ってくれている。

同様に、突然現れた勘三郎のことも、実は我が子の如く思い、受け入れていた筈だ。

一言の挨拶もなく突然去られ、戸惑い、寂しく思っているのは、黒兵衛とて同様であろう。

「申しわけございませぬ」

深々と項垂《うなだ》れ、身を縮めて詫びる黒兵衛の腕をとって引き起こし、

「やめろよ。黒爺《くろじい》はなにも悪くねえよ」

寧《むし》ろ怒っているような口調で勘九郎は言った。

「悪いのは、刀なんぞ抜いて脅した祖父《じじい》だ。あんな臆病な野郎に抜き身チラつかせるなんざ、正気の沙汰とは思えねえ」

「儂は抜き身などチラつかせておらぬ。あやつを脅していたのは、寧ろのお前のほうであろう」

聞こえよがしな勘九郎の言葉などものともせず、三郎兵衛は冷ややかに応じる。

意外なことに、勘三郎が突然去ったことを、三郎兵衛はさほど驚いてもいなければ、悲しんでもいないようだった。勘三郎に対してあれほど猫撫で声を出し、手放しで迎え入れていたにもかかわらず、だ。

勘九郎はそんな祖父に、生まれて初めて見る生き物に対するような目を向けた。

「おい、祖父さん——」

だが、勘九郎の呼びかけを無視し、三郎兵衛は黒兵衛に向かって問う。

「屋敷の中で、なにかなくなっているものはないか、黒兵衛？」

「え？」

「金目のものがなくなっていないか、と訊いておるのだ。……なにが金目のものかわからなければ、金子はどうだ？　減っていないか？」

「金子…でございまするか」

三郎兵衛の問いに黒兵衛は戸惑ったが、勘九郎はその意図をすぐに察して顔色を変えた。

「おい、そりゃあ、どういう意味だよ？　まさか、奴が…叔父上が盗っ人だとでも言うつもりかよ？」

「家人が、挨拶もなく勝手に屋敷を立ち去れば、なにか盗まれていないかを確認するのは当然であろう」

三郎兵衛の返答は極めて冷淡なものである。勘九郎は耳を疑った。

「おい、祖父さん！　奴はあんたの息子じゃねえのかよ！　てめえの息子を盗っ人呼ばわりするのかッ」

「息子であるかどうかは、最早問題ではない。仮に息子であったとしても、あやつが嘘吐《うそつ》きのろくでなしであることは間違いない。嘘吐きである以上、盗っ人であったとて、なんの不思議があろうか」

「…………」

興奮して声を荒げる勘九郎を黙らせる目的で更に冷たく言い放ったところ、三郎兵衛の意図は見事に当たった。

(奴が、小石川の家を荒らした者たちと関わっているとすれば、出て行って当然だ)

という三郎兵衛の心中を、勘九郎は夢にも知らない。

知れば、折角勘三郎に対して感じはじめていた親しみが忽ち憎しみに変わってしまうかもしれない。未だ勘三郎の正体が判明していないいま、できればそれは避けたい。そのためなら、自分が悪者になるくらい、どうということはない三郎兵衛である。

（もし本当に、手のつけられない悪《わる》であったときのことは、そのとき考えればよかろう）

というくらいのつもりでいる。

それまでは、勘九郎が勘三郎を憎む必要はない。父親に叱責され、怯えて逃げ出した年下の叔父のことを、せいぜい案じておればよい、と三郎兵衛は願った。

（兎に角、明日は朝から叔父上を捜そう）

それが三郎兵衛の望みであるとも知らず、勘九郎はまんまと祖父の策にはまっていた。

（先ずは酒だ）

厨で酒と肴《さかな》を調達してから離れに戻ると、部屋にぼんやり明かりが灯っている。

（誰だ？　叔父上か?!）

勘九郎が、驚きとともに障子を開け放つと、

「…………」

勘九郎を絶句させるに充分な人物が、その長大な体を無遠慮に横たえている。

「お前……」

「お、酒を持ってきてくれたとは有りがてえ」

勘九郎が手に提げた素焼きの酒瓶を見ると、忽《たちま》ち満面に喜色を漲《みなぎ》らせ、堂神はのそりと体を起こした。

「なんで、ここにいるんだ？」

「なんでって、師匠に頼まれて……そんな恐い顔すんなよ。あんたのことだって、ちゃんと警護してるんだぜ」

「誰も頼んでないッ。いますぐ、出て行けッ」

「それはできねえ相談だな」

「なに?!」

「俺に、この屋敷を警護するように言いつけたのは師匠なんだぜ。殿様もそれを認めてるんだ。あんたの言い分は関係ねえんだよ、若様」

「貴様ッ‼」

勘九郎はカッとなり、酒瓶と肴の載った膳を思わず放り出す——。

「おおッと、危ねえ！」

それを、さすがは元お庭番の身ごなしで、堂神がすかさず受け止める。

「罰当たりなことすんなよな、若様」

体で受け止めた酒瓶と膳を、堂神が畳の上にそっと置くのと、その長大な背中に向かって、勘九郎が鞘ぐるみの大刀を振り下ろすのとが、ほぼ同じ瞬間のことだった。

鞘ぐるみとはいえ、相応の膂力を以て振り下ろされれば、それなりの痛手を被《こうむ》る。

が、振り下ろされたときには、堂神の体はそこにはなかった。

「なにすんだよ、危ねえだろがッ」

僅かに眉間を顰《しか》めつつ、だが座ったままの姿勢で堂神は小さく怒声を発する。

ほんの僅か身を捻っただけで、勘九郎の必殺の一撃を躱《かわ》しながら、

「脇差だったら、ヤバかったぜ」

と、思わず本音を口走った。

長い得物をふるう場合、どうしても大振りになる。だが、大刀よりも刀身の短い脇差であれば、振り幅が少ないぶん、躱しきれなかったかもしれない、と堂神は言った。

その言葉を聞いた途端、勘九郎の中から、堂神に対する蟠《わだかま》りが消える。

「あんた、桐野を恨んでたんじゃなかったのか？」

それ故へたりとその場に座り込み、問うた。

「恨んでるわけねえだろ。俺がいまこうして息してられるのは、師匠のおかげなんだぜ」

「けど、桐野を殺そうとしてたろ」

「俺ごときに殺される師匠だと思うか、小僧？」

「…………」

勘九郎が答えられなかったのは、「若様」呼びがいきなり、小僧に戻ったことへの反発ではない。

寧ろ、己の認識の甘さは、小僧呼ばわりで充分だと、勘九郎は自覚した。

「悪かったよ」

それ故、素直に詫びた。

「あんたと桐野の関係が、俺には全くわかってなかった」

「わかってくれれば、それでいいよ」

堂神は照れたように笑い、身を以《もっ》て守った酒瓶の栓を抜くと、いきなり口を付けて呑んだ。

「お、おい、堂神――」

勘九郎は慌てて呼びかけた。

「自分を敵視してる者が持ってきた酒を、よく平気で口にできるな」

「え？」

「毒を盛られるとは思わないのか？」

「え？　俺に毒を？　なんのために？」

「…………」

「千石取りのお旗本が、俺なんか殺してなんになるんだよ？」

「なんにもならんが、とりあえず、溜飲は下がる」

「なに？」

「…………」

存外無防備な堂神の顔を見るうち、勘九郎の口の端に思わず無意識の笑みがこぼれた。

「なにが可笑《おか》しい？」

堂神は憮然とする。

「いや、なんで桐野があんたにあとを任せたのか、少しわかった気がして……」

「そ、そうか。師匠の、俺に対する信頼の強さがあんたにもわかるのか、若様」

「ああ、よくわかる」

「よくわかるか。……あんた、なかなか話せるじゃねえか。……兎に角、飲もうぜ」

と言いつつ堂神は、傍らにあった勘九郎の茶碗を、まるで自分の持ち物のような顔でその手に持たせ、酒を注ぐ。

「でも、桐野の命《めい》で、この屋敷を守ってるんだろ。酒なんか飲んでていいのか？」

「少しくらいなら、大丈夫だ」

「少しくらいいねぇ」

茶碗の酒に口を付けながら勘九郎は声を立てずに含み笑う。

「で、桐野にはいくらで雇われたんだ？」

「馬鹿言え。師匠から金なんかもらうかよ」

舌打ちまじりに堂神は言い、またひと口、瓶から直接酒を飲む。

「ふうん……桐野は本当にあんたのことを信用してんだな」

今度はしみじみとした口調で勘九郎は言い、黙っていれば悪鬼のように猛々しい堂神の顔をじっと見つめた。

桐野と堂神が、かつて師弟関係にあったということ以外、二人の関係性を勘九郎は知らない。だが、あの桐野が後事《こうじ》を託すほどの者だ。人として信頼しているし、その腕を信用してもいるのだろう。

それが、少しばかり羨ましくもある。

「あ、あのことは桐野に黙っといてやるからな。こいつは一つ貸しだぜ」

「あのこと？」

「あのとき、あんたが蕎麦《そば》食いに行ってて、助けに来るのが遅れたことだよ」

「え？……お、おい、そ、それは…それはだなぁ、殿様も若様も、かなりのお腕前だから、ちょっとぐらい俺が離れても大丈夫だろうと……現に、大丈夫だったし……なあ、本当に黙っててくれるんだろうな？」

「ハッハッハッハッ……」

真っ赤になって狼狽《うろた》え、必死に言い訳する堂神の様子は、なによりの肴であった。

口中の酒が、そのとき三倍以上も美味《うま》く感じられた勘九郎であった。

三

と、しっかり確認できるほど、近くで顔を見たわけではない。

辛うじて判別できたのは、肩口で綺麗に揃えられた総髪と黒っぽい僧衣。それと、なかなかに長身である、ということだけだ。

美濃屋の前で見張っていて、たまたまその一団と出会《でくわ》した。

一介の行者にしては些か――いや、相当物々しい行列を、あきれる思いで三郎兵衛は見据えていた。

まるで、殿上人《てんじょうびと》の牛車《ぎっしゃ》に従う随身《ずいじん》のような格好をした者が四名、仰々《ぎょうぎょう》しくも輿《こし》の先を歩いている。輿の後ろにも同様の者が四名。総勢八名の随身が輿を護っていた。

輿は、多くの者に見送られながら、やがてゆっくりと去って行く。

(あれが合雅か？)

(何処の大僧正様のつもりじゃい)

三郎兵衛の興味と不快感がその極に達したとき、不意に背後から袂《たもと》を引かれた。

「…………」

「松波様」

見覚えのある若い女である。

いや、よく見れば、まだ娘といったほうがよい年頃の身形《みなり》をしている。

「そなたは、確か――」

三郎兵衛の年齢では、直近のことよりも昔の出来事のほうがより鮮明に記憶にとどめていることが多い筈だが、残念ながら三郎兵衛は直近のこともちゃんと覚えている。

「そうだ、北町の……」

「はい。お香《きょう》でございます」

黄八丈《きはちじょう》を身に着《つ》け、緋縮緬《ひぢりめん》の根掛《ねかけ》で髷《まげ》を飾ったその娘は、三郎兵衛の言葉を遮るように早口で自ら名乗った。

「殿様も、合雅に目をつけておられたんですね。さすがです」

「いや、目をつけたというほどではないのだが……」

「あいつは、ほんの半年くらい前までは、ただの小遣い稼ぎの拝み屋だったんです。それが、いつのまにか、江戸じゅうの大店に取り入るようになって、いまじゃあの出世ぶりですよ。……おかしいとは思いませんか？」

「美濃屋だけではなく、江戸じゅうの大店に取り入っておるのか？」

　思わず美濃屋の名を出してしまったことを、三郎兵衛は即座に悔いたが、

「ええ、それも、美濃屋さんみたいに、問屋仲間にも名を連ねてるような大店ばっかりです」

　三郎兵衛と出会ってすっかり前のめりなお香はあっさり聞き流してくれた。内心それを喜びつつ、

「ふうむ」

　三郎兵衛は考え込んだ。

　美濃屋の娘に話を聞いたときから、もとよりある程度のことは察している。

　裏口の閂が壊れることと、そこから店に入ろうとしていた賊の存在を予言したというが、人間の心理を突いたごく簡単な詐術であることは、話半分にも知れている。と同時に、そういう手を使って大店の主人の心を摑むような者は極悪人に相違ないということも確信していた。

　現に合雅は、それ以降、美濃屋を訪れるたび、謝礼と称して少なからぬ金をせしめているのだ。

　よりによって、千鶴が教えていた娘の家が悪者に目をつけられ、つけこまれているというのがどうにもひっかかっていた。

そこに、先日稲生正武が池田家の姫の行状を告げに来た。

もしこの両者が本当に裏で繋がっているとすれば、インチキ行者を使っての小遣い稼ぎなど、何不自由なく育った大藩の姫君らしからぬ悪辣さである。詐術を用いて金品をまきあげる手口を、果たしてどこから学んだものか。

とはいえ、いまのところ合雅の被害を被っているのは、多少の金を騙し取られたとしてもビクともしない大店ばかりだ。それだけのことであれば、尻尾を摑んで少々懲らしめてやればそれですむだろう、という程度に軽く考えていたのだが。

(まさか、町方にも目をつけられていたとはな)

三郎兵衛が内心舌を巻いたところへ、

「奴の後ろに、誰がいると思います?」

お香がたたみかけるように問うてくる。満面に喜色が漲っていた。

お香はお香で、己の調べている相手を、元の南町奉行で、かつて同じ下手人を追ったこともある三郎兵衛ほどの人物が追っていたことが嬉しくて仕方ないようだ。

それ故、お香の口は、密偵とは思えぬほどに軽かった。

「奴の後ろに、誰かがいるのか?」

だが三郎兵衛は白々しく空惚《そらとぼ》けた。町方の目が池田家の姫に向く前に、なんとか両者を引き離しておかねばならない。

「誰かって……」

そのつれない態度に、お香は少々むきになったようだ。

「合雅は、元々たいしたツテもない、裏店《うらだな》や横町の住人を相手にしてるような拝み屋だったんです。お祭りの喧嘩を仲裁して、端金《はしたがね》を稼いでいるような、ほんの小者です。……それが突然、問屋仲間に名を連ねてるような大店に、頻繁に出入りする身分になったんですよ。おかしいとは思いませんか？」

「うん、確かにおかしいのう」

三郎兵衛は仕方なく相槌を打つ。

「財力は勿論、権力を持つ誰かが、合雅を裏で操ってるんじゃないでしょうか」

「なるほど。そういうことであれば、合点がゆくな」

もっともらしい顔つきで三郎兵衛は答えたが、内心の焦りをひた隠すのが精一杯であった。

「殿様には、もう目星がついてるんじゃありませんか？」

お香の聡い目で見つめられながら問われると、

「いや、実は儂があやつを知ったのは、少々訳ありでのう。……偶然美濃屋に出入りしているのを目の当たりにしたからなのだ」

三郎兵衛は観念し、自らの知ることをすべて明かしてしまうことにした。

「それ故儂は、あやつのことはまだ何も知らぬ。そちらのほうがより多くのことを調べておるだろう。差し支えなければ、教えてもらえぬか」

ここは、手の内を明かして相手の出方を見るに限る。

もしお香が、合雅の背後で糸を引いている者の正体に、ある程度気づいているのなら、いまのうちになんとかしなければならない。

「そりゃ別にいいんですけど……」

多少戸惑いつつも、お香はそのことに難色を示しはしなかった。

一度は、同じ賊を追い、これを捕縛するため、互いに協力し合ったこともある仲である。

お香は、旗本当主でありながらおよそ型破りで剛胆な三郎兵衛を存外信頼していたし、三郎兵衛は三郎兵衛で、数々の特殊技能を備えた密偵のお香に全幅の信頼を寄せていた。

それ故、互いに手を組めば、最強の働きができるということをお香も知っている。

「前回は、手柄を殿様にお譲りいたしました」

抜け目のない本音を神妙な伏し目がちの表情で巧みに隠しながら、お香は言った。

「ああ、あのときはそなたに助けてもろうたな。それ故此度《こたび》は、儂がそなたと北町を助けよう」

鷹揚そのものな淡い笑みを口辺に滲ませながら、三郎兵衛は応える。すると、お香の表情はパッと明るさを増した。

「それは、まことでございますか？」

「儂が嘘を吐くような男と思うか？」

「…………」

お香は無言で三郎兵衛を見返した。勿論、思わない。

物心ついた頃から、毎日巾着切《きんちゃつき》りになる修業をさせられた。お香は実の親の顔さえ知らない孤児だ。信じられる大人などと出会ったことはなく、あるとき、自分を捕らえた北町の与力に惚れてしまった。

父親のような歳の、年配の与力だった。

「悪いことをしたら、つぐなえばよいのだ。但し、つぐなえる程度の悪事であればな」

穏やかな口調で告げられて、それまで張り詰めすぎていた心の糸がフッと音もなく切れた。己に巾着切りの技を仕込み、荒稼ぎさせていたのは、ただの悪党だ。子供のお香に対して、一縷《いちる》の情もあるわけがない。もし僅かでも情があれば、子供に悪事を働かせようなどとは考えぬだろう。

「もう二度と、人様の懐《ふところ》など狙ってはならぬぞ」

このときお香は生まれて初めて、信じられる大人の言葉を聞いた。

与力には妻子があり、お香は己の想いを封印して、ただ彼のため、北町奉行所のために働いてきた。密偵は危険な仕事だからやめておけと止められたが、かまわなかった。

お香が思いを寄せた与力は既にこの世を去っていたが、以後も彼の意志を継ぐようなつもりで密偵の仕事に励んできた。

世の中には、さまざまな種類の人間がおり、単純に善人と悪人の二種類に分けられるものではないことを、お香は知っている。そう知るために、決して少なくはない数の人と出会ってきた。

人を見る目なら、それなりに持ち合わせているつもりだ。

そのお香の目から見て、松波三郎兵衛は信じるに足る人物であった。

「では、ひとまず、奴らの隠れ家へお連れします」

「すまんな」

三郎兵衛は悪びれずに言い、促されるまでもなく連れだって歩きだす。相手が、黄八丈を着た若い娘であることも全く気にかけなかった。こういうときは、悪びれる風もなく、平然としているに限る。平然としていれば、ひとは存外、なんとも思わぬものだ。

「ところで、お香」

ほぼ肩を並べて歩きつつ、三郎兵衛はふとお香に訊ねる。

「はい？」

「今月は北町の月番ではないな？」

「はい。月番のときは事件以外の雑用も多くて、余計なことを調べてるような余裕はありませんから」

「だろうな」

三郎兵衛の前職は南町奉行である。そのあたりの事情はよくわかっている。それ故わざと訊いたのだ。

「先月のはじめ頃、武家の寡婦が辻斬りに遭って命を落とさなかったか？」

「辻斬り、ですか？」

お香はふと小首を傾げた。

お香はあくまで密偵であり、北町の同心ではない。すべての事件を把握しているとは限らない。

ましてや、辻斬りなど、毎日無数に起こっている。身許不明者や、裏店の住人などが突然街中で不慮《ふりょ》の死を遂げ、その死因が刀傷であった場合は、すべて辻斬りの仕業《しわざ》として処理される。辻斬りの下手人《げしゅにん》など、たとえ挙げられなかったとしても、責められるものではないからだ。

それ故三郎兵衛は、訊いてはみたものの、はじめから諦めているし、お香から、有力情報を引き出そうとも思っていない。

ところが、

「ああ、そういえば!!」

お香はなにかを思い出したようで、すぐに両手を打った。

「ありました!」

「あったのか?」

「はい。……たまたま私も、こっそり仏を見たんですが」

三郎兵衛の戸惑いを他所《よそ》に、お香は大得意で話しはじめる。

「それは綺麗なお方でした。……近所でも評判の綺麗な後家さんが刀で斬られたって、ちょっとした騒ぎになったんです。なにしろ、大店の娘に、お琴やお花を教えてるようなお方でしたから」

「で、下手人はあがったのか？」

「いいえ、さっぱり。……懐に財布を残したまま、刀創《かたなきず》ばかりが目立ったので、おそらく、刀の試し斬りが目的の、流しの辻斬りだろうとしか……」

「息子は……」

言いかけて少しく三郎兵衛は躊躇った。

それを訊いてしまえば、いやでも夢から醒めねばならなくなる。それが少しばかり惜しくもあった。

(醒めたくはないのう)

つい思ってしまったとき、

「ここです、殿様」

お香がふと足を止めて言った。

「ここか？」

三郎兵衛も足を止め、その屋敷を見た。

千石取りとまではいかぬが、二、三百石取り程度の武家の屋敷であった。

古びてはいるが一応長屋門がそびえ、中が見えぬ程度の高さの土塀に四囲を守られている。

合雅を乗せた輿は、既にその古びた長屋門から中へと呑まれて行ったはずだ。

「どう見ても、お武家様のお屋敷ですよね？」

「ああ。おそらく、闕所《けっしょ》か閉門《へいもん》か、お取り潰しになって廃《すた》れた屋敷を持ち主がおらぬのをいいことに、住み着いたのか」

「持ち主がいないからって、そんなことできるんですか？」

「武家屋敷は町方が容易に踏み入れぬ場所だ。できぬことはあるまい。……お前の睨んだとおり、インチキ行者の背後に、何者かがついておるとすればな」

「忍び込んでみますか？」

三郎兵衛の言葉に百万倍の勇気を得て、お香は切り出してみる。

「あの屋敷の中にか？」

「はい」

「やめておけ」

三郎兵衛はあっさり首を振った。

「え？」

「あんな屋敷は、なんの証《あか》しにもならぬ。無人の空き家に住み着いただけだ、と言われれば、それまでだ。いまのところ、金を奪われた者が訴えておらぬのだから、なにもできぬ。合雅の後ろで糸を引いている者がおるとすれば、そやつはなかなかの知恵者だ。おいそれと尻尾《しっぽ》は出さぬだろう」

三郎兵衛は思慮深げな顔つきで淡々と述べてお香を絶句させ、更に言葉を続ける。

「それよりも、この屋敷を四六時中見張り、屋敷に出入りする者を、徹底的に調べることだ」

「出入りする者を？」

「そうだ。日頃合雅の近くにおる者の顔を覚え、それ以外の者が出入りしたときは、そやつの身許《みもと》を調べあげるのだ。できるか？」

「ええ、合雅のまわりにいる奴でしたら、殆ど顔は見覚えました。随身姿でいつも従ってる者たちの数は八人ですが、時々交替するようで、屋敷にはあと二人、留守番の者がいます。……見覚えのない奴が来れば、すぐにわかります」

「まことに？」

「はい」

「よく調べたのう」

三郎兵衛は容易く感心した。

もとより、卑劣な悪人から無辜《むこ》の民を守るのは、町方やその手先の地道な調べがあってのことだ。そんなことはわかっている。それ故三郎兵衛は、お香の地道な努力に対する労《ねぎら》いのつもりで言ったのだ。

「合雅と、合雅の背後におる者を必ず捕らえようぞ、お香」

「はい、殿様」

答えたお香の切れ長の瞳は少しく潤んで見えた。

(若く見えるが、三十になるかならぬか、といったところか？　或いは、三十路を幾つか過ぎておるのかもしれぬ。……女子《おなご》の歳は全くわからぬのう)

柳の葉を思わせるお香の艶《つや》っぽい瞳をしばし覗き込みつつ、ぼんやりと三郎兵衛は思った。

四

「殿のご明察どおり、合雅の一味が住まうあの屋敷は、一昨年御闕所になりました三百石の旗本で、御徒組《おかちぐみ》の原田与五郎《はらだよごろう》という者の屋敷でした。原田家に後継はなく、主人が流罪になりました後は、手つかずで放置されていたようでございます」

僅かの淀みもなく桐野は言い、三郎兵衛は黙って聞いていた。本当に聞きたいことはそこではなかったからだが、聞いているうちに、

「主人は何の罪で流罪になったのだ？」

ふと好奇心が湧いたので、問うた。

「なんでも、組頭の妻女と密通したそうでございます」

「なんだと！」

三郎兵衛は忽ち目を剝く。

「不義密通は死罪。よく流罪ですんだな」

「組頭のほうにも弱味があったのです。原田の妻に懸想し、夫が不在の折を見て屋敷に上がり込み、いやがる原田の妻を手籠めにしたのでございます。原田が組頭の奥方を犯したのは、その仕返しでございました」

「なんと！」

三郎兵衛にとっては信じがたい話が続く。

「原田の妻は、辱《はずかし》めをうけたことを恥として既に自害しておりましたし、組頭も、

さすがに後ろめたかったらしく、若年寄に罪一等を減じる嘆願をして、聞き届けられたそうでございます」

「ううむ、なんとも、いやな話じゃのう」

三郎兵衛は露骨に顔を顰《しか》めた。

「それで、組頭には一切お咎めなしか？」

「おそらく――」

「いやな話だ。儂なら、なんの罪もない奥方を犯すなどという卑怯な真似をせず、組頭を斬って腹を切るぞ」

三郎兵衛はつい口走ってしまったが、言ってから、己の言葉を少しく悔いた。

実際に、己がその立場に立たされたわけでもないのに、ただ口先だけで偉そうなことを言う。それもまた、三郎兵衛が最も嫌うところだ。いまの三郎兵衛には、妻もいなければ、己の立場を利用して手に入れたいと思うほどの女子もいない。情欲からは、完全に遠ざかっている。

そんな己だからこそ、女を巡るゴタゴタほどいやなものはない、と思うし、女故に身を誤るなど、男子たる者の生きざまではない、とも信じている。

だが、もし、いまの己に最愛の女が存在すれば、そうは思えないだろう。

情愛、情欲故に悩み、苦しむのが、人の人たる所以《ゆえん》だ。もし遠い過去に戻れる術《すべ》があるならば、自分は、「そのとき」に戻って、もう一度やり直したいとさえ思ってしまう。

いつしかそう願う己を、三郎兵衛は見出《みいだ》してしまった。

「それで、合雅の一味は、原田の屋敷をどのような経緯で手に入れたのだ？」

いくつもの思いを呑み込んでから、三郎兵衛は桐野に問うた。

「合雅の一味が、いまのような稼ぎをはじめましたのは、半年ほど前のことでございます。ちょうどその頃、原田の屋敷が売りに出されました。原田の妻の幽霊がでるとかで、気味悪がって、誰も住みたがらぬそうでございます」

三郎兵衛は無意識に嘆息した。

「殿？」

見かねた桐野が呼びかけてきたとき、既に彼の足は止まっている。

当然三郎兵衛も足を止めた。

目的の場所に着いたのだ。

「ここは？」

吉原の一角にある小さな酒楼の前に、普化僧《ふけそう》姿の桐野は立っている。

中から女の嬌声と管弦の音が漏れ聞こえてくるところを見ると、遊女と寝るより、主に酒を飲むのが目的の店なのだろう。

「昨夜から、勘三郎殿とそのお仲間が逗留しておられます」

「え？」

「若が、この三日ほど、勘三郎殿の行方をお捜しのようでございますが、先ずここを見つけるのはご無理かと――」

「しかし、あやつ…勘三郎は借金持ちの筈だぞ。何故斯様なところで豪遊できるのだ？　連れの中に金づるがおるのか？」

「いえ――」

桐野はふと言い淀む。

「どうした、桐野？」

三郎兵衛は思わず問い返した。

「勘三郎殿は、お屋敷を去る際、黒兵衛殿が厨の米櫃《こめびつ》の下に隠しておられた十両の小判をこっそり持ち出されたのでございます」

「なんだと！」

三郎兵衛の顔色が忽ちにして変わる。

「黒兵衛はなにも言っておらなんだぞ」

「とても、申し上げられなかったのでございましょう」

「黒兵衛め、要らざる斟酌《しんしゃく》を！」

さも忌々しげに言い、三郎兵衛は激しく舌を打つ。

だが、激しい感情は、すべて己自身に向けられたものに相違なかった。

「要らざる…斟酌を……」

それがわかっているから、口中の言葉は次第に勢いを失う。

「殿？」

それきり黙って踵《きびす》を返した三郎兵衛を、桐野は追った。

「よいのですか？」

「いま奴の顔を見れば、儂は己を抑えることができなくなりそうだ」

「………」

足早に去る三郎兵衛のあとに、しばし無言で桐野は続いた。

その心中は如何ばかりか。

もとより桐野には知る由もない。

（金は、儂から黒兵衛に返すとしても、このままですますわけにはゆかぬ。……何《いず》れ

は償いをさせるぞ、勘三郎。うぬが本物であれ、贋物であれ、な）

三郎兵衛の脳裏には、最早懐かしい千鶴の面影はなかった。自ら望んで消し去ったわけではない。一連の騒ぎの中で束の間甦《よみがえ》り、そしていつしか消えていった。

いまはもう、この一件をどうおさめるかということにしか、興味はない。

興味はないのだ、と強く己に言い聞かせている時点で、完全に消し去れてはいない証拠なのだったが。

五

「合雅様」

女子《おなご》とは到底思えぬ低い声音で呼ばれて、合雅こと、林田《はやしだ》益士郎《やくしろう》は少しく緊張した。

この声だけは、未だに緊張する。

この声に支配され、唯々《いい》として従ってきたというのに、いまに至るもちっとも慣れない。耳朶《じだ》深く忍び入るかのようなその低声を聞くと、そのたび身の縮む思いがする。

「お待ちかねでございますぞ」

お馴染みの低音は、いつもどおり性急に促す。
「わ、わかっております」
緊張しながらも、辛うじて矜恃《きょうじ》を保ちつつ益士郎は答える。そして、進む。
廊下は常に磨き抜かれ、先を急げば滑りそうなほどだ。すると、
「足下《あしもと》、お気をつけくだされませ」
すかさず声をかけられる。
判で押したように、毎回同じ言葉である。
益士郎は返事をしなかった。そのまま真っ直ぐ、目的の部屋を目指せばよいのだ。
余計なことは考えぬがいい。
磨き抜かれた廊下の先には派手な絵柄の襖《ふすま》があり、襖の先は当然目的の部屋だ。
鮮やかな一面の紅葉の中で二匹の鹿が戯《たわむ》れ遊ぶ襖絵。それが、音もなく開かれると、
朱色《しゅいろ》の部屋が待ち受けている。
一面の、朱だ。
まるで、断末魔の寸前であるかの如く錯覚をする。
（うわッ……）
それ故、一歩足を踏み入れた瞬間、激しい眩暈《めまい》に襲われ、思わず立ち竦《すく》む。

部屋いっぱいに焚《た》かれた妖《あや》しい香《こう》のせいにほかならない。ほんの少し吸っただけでも、人によっては意識を失うか、或いはありもしない幻覚を見る。

部屋に入るたび、大量に吸わされている益士郎には、もうどちらの効果もない。ただ、激しい眩暈を感じた直後、あやゆる感覚が研ぎ澄まされることになる。

「益士郎……」

耳許に囁かれると、それだけで体の芯がカッと熱を帯びる。

「遅かったではないか」

「姫……」

「待ちかねたぞ」

妖しいまでの朱《あか》い唇が、不意に益士郎の唇に重ねられる。

（ああ——）

再び意識が揺らぐほどの激しい衝撃——。

高貴な女とは思えぬほど、その唇の動きは激しく忙《せわ》しない。男を歓ばせることを知り尽くした女の為様《しざま》である。

「ほら、益士郎——」

呼びかけつつ、女は益士郎の手を自らの体へと誘う。

紅《あか》い唐綾《からあや》の着物の前は大きくはだけられ、肌も露《あら》わになっている。

「来《こ》よ」

男の手を自らの乳房へと導きつつ、もう一方の手を引いて強引に褥《しとね》のほうへ連れて行く。菊姫は、一度嫁いで出戻ったとはいえ、未だ二十七という若さである。もうじき五十に手が届こうという益士郎にとっては、その高貴な身分も含め、目眩《めくるめ》くようなご馳走である筈なのに、何故か食べる前から食傷している。

「益士郎、早《はよ》う——」

促されて、益士郎は漸く自らの衣装の帯を解き、女の背に腕をまわしつつ、ともに褥へと倒れ込んだ。

「あぁ……」

「ひ、姫……」

朱《あか》い部屋のせいで、互いの体が血を浴びたが如く見える。それが、益士郎の気持ちを逆に萎えさせた。

「益士郎……」

最早甘える鼻声ではなく、切実な声音で囁きかける。

「んんぅ……」

未だ体を交えていないというのに、女は既に興奮の極にあった。

「姫……」

熱い素膚《すはだ》を押しつけてくる女を、少し持てあましつつも、益士郎は懸命に己を奮い立たせる。夢中で女の体をまさぐり、可憐な紅い頂《いただき》に唇を押し当てた。

「………」

女は無言で快感を貪《むさぼ》っているようだった。

（ここだ——）

と己の本能に導かれた瞬間、益士郎は自ら攻勢に転じる。

女の体を組み敷き、荒々しくまさぐる。

「あぁ、益士郎……」

「姫ッ」

言葉とともに、益士郎は女の体を貫いた。

「…………」

その瞬間、自らの体に最高の快楽が訪れたことを、女は全身を男の体に絡みつかせることによって表現した。

益士郎は女の背にまわした腕に力をこめる。

「あっ」

そのとき、女の朱い唇から、かそけき吐息が漏らされた。

第五章　逢ひみての……

一

(何故このようなことになったのか)

住み処《か》に戻ってしばし微睡《まどろ》んだ後、益士郎はふと目を覚ました。

ひとたび目を覚ませば、最早《もはや》菊姫との情事を思い出すこともない。

菊姫と枕を交わすようになって、既《すで》に一年以上が経つ。それから十日から二十日に一度ほどの割で、密かに拝領屋敷に呼びつけられる。そのことに対して、最早なんの感慨もない。

そもそも彼が江戸に出て来たのは、千鶴のあとを追ってのことだった。

仇討《あだう》ちの旅に出立《しゅったつ》する前、婚約は一方的に破談となり、縁は切れたが、どうしても諦められなかった。

仇討ち成就ののち、国許に戻った千鶴が御家を再興するには婿《むこ》をとらねばならない。益士郎としては是非とも復縁したかった。

だが千鶴はそれを望まず、城勤めをする、と言った。

実際、少しのあいだ城勤めをしていたのだがある日宿下《やどさ》がりを願い出て城を出ると、それきり姿を消してしまった。噂では、江戸に行ったのではないかと言われたが、確かなことはわからなかった。

わからぬながらも、益士郎もそれからまもなく国許《くにもと》を出奔《しゅっぽん》して江戸へ出た。

千鶴のことが諦められなかったこともあるし、国許にいても、なかなか次の縁談が持ち込まれるのは難しいと思われたからだ。

そのあたりの事情は、江戸の旗本の部屋住みとさほど変わらない。江戸よりずっと狭い城下の話だけに、一度決まっていた縁談を破談になった男と敢えて縁組みしてくれる家があるとすれば、余程もらい手のない醜女《しこめ》か、わけあり（婚前子を孕《はら》んでいるとか）のどちらかだ。

なにより、家には兄と兄嫁とその子らがおり、益士郎は肩身が狭かった。

千鶴とは、仲違いをして別れたわけではない。千鶴の叔父《おじ》が悪辣な策をめぐらせて千鶴の父を殺したりしなければ、何事もなく千鶴と婚礼をあげ、新城家を継いでいた。

こんなことになったのは、すべて千鶴の憎い叔父のせいだが、その叔父も結局命を落とすこととなった。

「因果応報《いんがおうほう》というものでございましょう」

江戸での一件を淡々と報告してくれた千鶴の中に、微妙な変化を見出《みいだ》せるほどには、益士郎は千鶴のことを理解していたわけではなかった。

ただ、親の決めた許婚者《いいなずけ》だということ以外、二人のあいだにはなんの関係性もなかったのだ。

それでも益士郎は、はじめて会ったときから千鶴のことが好きだった。

《巴御前《ともえごぜん》》とあだ名される美貌の千鶴を妻にできると思うと、嬉しくて仕方なかった。だから、仇討ちに出立《しゅったつ》する千鶴に、介添人として同行を申し出た際、

「それには及びませぬ」

にべもなく断られたときは本当につらかった。確かに、益士郎の剣の腕では、千鶴の足手まといになるのがおちだった。

「どうか、私を待たないでくださいませ、益士郎様」

一方的に告げられた別れであったが、益士郎の両親は存外すんなり受け入れた。

「縁がなかったと思うて、忘れることだ」

「そのうちまた、良いご縁もありましょう」

父母が口々に言う言葉を、悪夢の如く益士郎は聞いた。

そもそも益士郎の両親は、千鶴が仇討ちに行くと言い出したときから、逃げ腰であった。万が一にも、益士郎が同行すると言えば、なんとしてでも止めたであろう。

(親はあてにならん)

益士郎なりに考えた結果、矢張《やは》り逐電して江戸に行くしかないという結論に達した。

(この先良縁などあろう筈もなし。……ここにいては、このまま兄貴の子らの子守でもして、朽ち果ててゆくだけだ)

思っただけで、死にたくなった。

文武ともに人並み以下の能力しかない益士郎にとって、唯一といっていい取り柄は、その見た目だけであった。

「まるで、絵草紙から抜け出たような」

美男だ、と噂された。おそらく、見た目だけで思いを寄せてくれる女子も少なくなかった筈だ。

絵に描いた美男には、所詮実務能力はない。

道中の路銀をどうするか、といったような現実的なことには、全く思案が及ばなかった。千鶴が単身易々と国許を出奔できたのは、一度は江戸への旅路を経験していたのと、仇討ち本懐を遂げた褒美があったため、路銀は充分だったからなのだが、益士郎はそのことを知らない。

なんとかなるものだろうと思って出奔したが、金銭面のことは、なんとかなるわけがない。

すぐに路銀が尽き、備前を出る前に立ち往生する羽目に陥《おちい》った。

宿賃を払うことができず、危うく番屋に突き出されかけるところ、間一髪《かんいっぱつ》で救われた。

救ってくれたのは、見ず知らずの破落戸《ごろつき》だった。

益士郎が二本差しであるために利用できると踏んでの助け船であったが、益士郎には知る由もない。その後、そいつの言うがままに従い、道中を続けることができた。ときに、見ず知らずの旅人に向かって太刀を抜いたり、か弱そうな老婆の前に立ちはだかって怒声を発したり、よからぬことをしまくった。

よからぬことをしている自覚はあったが、兎《と》に角《かく》江戸に行く、という最終目的のために、益士郎はやった。

幸い、自らの手で人を殺すような罪を犯すことなく、江戸に着くことができた。内《ない》藤《とう》に一泊して女郎を買い、翌日悠然と四ッ谷《よつや》の大木戸をくぐるくらいの余裕があった。道中、ところどころで悪事を働いたため、江戸に着くまで一年近くのときを要した。その頃には、既に人相も一変していたし、千鶴のことも、正直どうでもよくなっていた。いざ江戸に着いてみると、これほど人の溢れかえった大江戸八百八町の中で、たった一人の女を見つけ出すなど、殆ど不可能だということもわかってきた。

わかってはいたが、折角《せっかく》苦労して辿《たど》り着いた江戸である。もうこの際、楽しみを極めようと考えた。

「江戸で、許婚者をさがすおつもりじゃなかったんですか、旦那？」

内藤新宿《しんじゅく》の妓楼《ぎろう》で知り合った女衒《ぜげん》のような中年男が執拗につきまとい、益士郎の耳許に囁《ささや》いた。

「なんなら、あっしがお手伝いしましょうか？」

「要らねえよ」

憎々しげに言い返せるくらいの胆《きも》は据《す》わっている。

「でしたら、あっしらの仕事を手伝っていただけませんかね」

中年男は抜け目のない顔でどこまでも益士郎について来た。

「どんな仕事だ？……俺は、人殺しだけはやらんぞ」

「旦那みてえな綺麗な顔のお方に、そんな物騒なこと、させやしませんよ」

恐ろしく愛想のよい笑顔を見せる男のことを、

（胡散臭《うさんくさ》い奴だ）

と思いつつも、結局従うことになるだろうことは、これまでの経験からも明らかだった。


その男の稼業は、女衒よりももっと阿漕《あこぎ》なものだった。

器量のよい若い娘を拐《かどわ》かしては、片っ端から売りとばす、というもので、益士郎に与えられた役目は目をつけた娘に近づき、その外見を利用して惚れさせることだった。

真新しい着物に着替え、髪を整えれば、まだまだ眉目秀麗《びもくしゅうれい》な武家の若様でとおった。

娘たちを籠絡し、自ら罠にかかるよう仕向けるのは、既に骨の髄まで悪に染まった益士郎にとって容易《たやす》い仕事であった。

阿漕な仕事は実入りがよい。

江戸に来てからの数年間は、この一味に荷担して、楽しい日々を過ごすことができた。

　が、十年も経てば人の容色など衰える。

　しかも、悪事に手を染める荒《すさ》んだ暮らしをしているせいか、人相も悪くなった。

　若い娘を誑《たぶら》かすのに必要な美貌に翳《かげ》りが見えれば、役割を替わるしかない。

　それ故、江戸での暮らしが十年を過ぎた頃から、益士郎の暮らし向きはめっきり苦しくなった。

　見かけ以外になんの取り柄もなかった男が、その見かけの佳《よ》さも失おうとしている。

　正直益士郎は焦った。

　今更ながらに、

（千鶴を捜そうか？）

　とさえ思った。

　仮に、捜し出したからといって、千鶴も既に三十路過ぎの年増である。いまはどんな暮らしをしているか想像もつかないが、あの頃と同じ容色を保っているとは思えない。

　単身江戸に来て、誰にも頼らずにいるとすれば、その生活苦故に、悪事で稼いで楽な暮らしをしていた益士郎よりも、或いはずっと老けているかもしれない。

（もし、暮らしに困っているようなら、再会すれば俺を頼ってくれるかもしれない）

儚《はかな》い幻想を抱いて千鶴の面影を求めながら、益士郎はその日暮らしを続けるしかなかった。

あるときは、強請《ゆす》り騙《かた》りのような真似をし、またあるときは、盗っ人一味の見張りのようなこともした。

そんなある日、市中――広小路の人混みの中で、千鶴を見かけた。

（千鶴！）

ほんの一瞬見かけただけなのに、瞬時に察したということは、一別以来彼女の容姿が全く変わっていないということだ。

既に若くはないため、長屋のおかみさんが着そうな紺《こん》の縞木綿《しまもめん》に黒繻子《くろじゅす》の帯という地味な装《よそお》いだったが、それが余計に、生来の美貌を際立たせていた。あまりに変わっていないため、

（よく似た別人？）

とも思ったが、その真っ直ぐな視線が決して下を向くことのない姿勢の良さは、益士郎のよく知る千鶴のものだ。到底別人とは思えない。

「千鶴！」

思わず声をかけたとき、二人のあいだには、十間以上の距離があった。しかも、まわりには大勢の人混みだ。

当然千鶴の耳には届かず、凜《りん》と背を伸ばした彼女の足は止まらぬどころか、一層速まった。

「千鶴ーッ」

無駄と承知で、益士郎は叫んだ。

その声は、虚しく街中の喧騒にかき消された。

二

「本当に、ここにいるのか？」

女たちの嬌声と派手な管弦の音が漏れ聞こえる酒楼を見据えて勘九郎は問うた。

「本当は、あんたには言うなって口止めされてたんだけどな」

珍しく遠慮がちな口調で、堂神は述べる。

「口止めって、誰に？」

「決まってんだろ」

「桐野が？　どうして？」

「よくわかんねえけど、あんたの爺《じい》さんが、師匠に口止めしたんだろ」

「じゃあなんで、お前は俺に教えるんだよ？」

「そりゃ、あんたが気の毒になったからに決まってんだろ。……毎日毎日、朝から晩まで、見当違いのところを一生懸命捜しまわってよう。見ちゃいられないぜ」

「じゃあ、見なきゃいいだろうがッ」

勘九郎は思わず怒声を発しかけるが、堂神は全く動じない。

「それに、ちょっと気になる話を小耳に挟んじまって……」

「気になる話？」

「ほら、俺、面《めん》が割れてねえだろ。ときどき店に入って、酒飲んでるんだ。……そしたら、奴らの話し声が聞こえてきてな」

「だから、なんだよ。さっきから、あんたらしくもねえ、まわりくどい言い方すんなよ！」

「押し込みの相談してたんだよッ」

強い語調で促されてついカッとなったのか、堂神の口調も荒くなる。

「押し込み？」

「今度遊ぶ金が尽きたら、お屋敷に押し込みに入ろうって相談してるんだよ、あんたの叔父上が中心になってな」

「お屋敷って……うちにか？」

「他の屋敷なら、なんで口止めされてるのに、わざわざあんたをここへ連れて来るんだよ。あとで師匠に怒られるのは俺なんだぞ」

「……………」

「どうするよ？」

「どうするって……」

勘九郎は困惑気味に堂神を見返す。

（そうだ。なんでわざわざ俺に知らせたんだ？）

勘九郎の胸に疑問が湧いた。

そもそも、この男は口止めされているにもかかわらず、何故自分に勘三郎の居所を教えるのだ。よからぬ企みを耳にしたというなら、己の師匠である桐野に報告すればいい話だ。桐野が忙しいというのであれば、三郎兵衛に言えばいい。

それが、雇われている者の正しい行動だ。勘九郎は堂神の雇い主ではない。

「それに、殿様も師匠も、あいつのことはもう全然眼中にねえみてえだけど、あんたは違うようだから」

指摘されて、勘九郎はいよいよ言葉に窮したが、同時に、

（確かに、お庭番には向いてねえな、こいつ）

と思い、まじまじと堂神の顔を見た。

桐野にも、三郎兵衛より勘九郎のことをより気にかけてくれる傾向がある。が、それも所詮はお庭番としての己の使命を踏み外さぬ範囲内でのことだ。

三郎兵衛にいたっては、長年目付や奉行といった、人を裁く側の職務に就いていた。それ故、たとえ身内であろうが、道に背《そむ》く者に対してはどこまでも冷徹になれる。

一方、なんの責任も持たされぬ部屋住みの勘九郎は、二人に比べてあらゆる面で甘い。

堂神の目にも、それは明らかなのだろう。

二人が見放し、見捨てた形の勘三郎に対して、勘九郎であれば、なにか別の対処の仕方もあるかもしれない、と堂神なりに考えたのだとしたら、その外見と裏腹、心根は相当優しい。心根の優しいお庭番など、いざというとき、なんの役にも立たぬであろう。

「で、どうすんだよ、若様」

「え？」

「あいつのこと、このままほっといていいのかよ？　捜してたんだろ？」

「ああ」

勘九郎は漸《ようや》くそのことに思い当たった。

「どうするったって、ここは吉原だ。刃傷沙汰《にんじょうざた》は御法度《ごはっと》。……だから祖父さんも引き下がったんだろうぜ」

「じゃああんたは、あいつをどうしようと思って捜してたんだ？」

「どうって……」

勘九郎は困惑し、

「金に困ってるようなら、助けてやりたいと思ってたけど、まさか、うちに押し込みに入ろうとしてるなんて、夢にも思ってなかったから……」

気まずげに口ごもると、

「あんな弱そうな奴に、押し込みなんかできると思うか？」

ここぞとばかりに堂神が問う。

「あいつは弱いかもしれないけど、仲間はどうだかわかんねえだろ。大勢で屋敷に入って来られて、火でも付《つ》けられたら面倒だろうが」

「仲間も、弱そうな奴らばかりだ。あんた一人でも、全員殺せる」

「…………」

「た、たとえばだな、こんなのはどうかな」

堂神は不意に勘九郎から目を逸らし、伏し目になりながら、らしからぬ控え目な口調で言う。

「これから俺があの店で酒を飲み、奴と奴らの仲間にからんで、大暴れするんだ。少し痛めつければ、たぶんビビッて逃げ出す。それも、てんでに、好き勝手に逃げる筈だ。……若様はあいつのあとを追って、一人になったところをとっつかまえればいいだろ」

「それで？」

一世一代の堂神の策を無表情に聞き流し、勘九郎は冷ややかに聞き返した。

「え？」

「それで、あんたはどうするんだよ。吉原の酒楼で暴れたりすれば、すぐに番屋の与力や同心が駆けつけて来るし、その前に、そのあたりにうろついてる亡八《ぼうはち》どもも駆けつけて来るぜ。あんたにとっては有象無象《うぞうむぞう》かもしれねえけど、吉原でそんな騒ぎを起こして、あとで桐野になんて言い訳する気だよ？」

「え、師匠に？」

「あんたはもうお庭番じゃねえから、なにやってもいいと思ってるかもしれねえけど、桐野は困るだろ」

「………」

　勘九郎に指摘されて、堂神は忽《たちま》ち青ざめた。

「くれぐれも、人目につくような真似はするでないぞ」

　今回桐野を手伝うにあたって、厳しく言いつけられていたことを、堂神は漸く思い出したのだ。

「でも、おかげでいいこと思いついた」

「え？」

「なあ堂神、あんた、火薬、持ってんだろ。前にも、吉原で爆発騒ぎを起こしたよな」

「あのときは予《あらかじ》め用意してたが、いまはそんなに持ってないぞ」

「そんなに、ってこたあ、多少は持ってるよな？」

「爆発騒ぎを起こせるほどの量はない。……せいぜい、大きな音と、煙が出る程度だな」

「それでいいよ」

「どうするつもりだ」

「どうせ弱そうな奴らなんだろ？　大きな音と煙で脅かせば、すぐにビビッて逃げ出すだろうよ」

「どうかな」

「仮に逃げなかったとしても、あんたが店で暴れるよりはましだ。……もし逃げなきゃ、また別の手を考えりゃいい」

「なるほど。それはそうだな」

首を傾げつつも、堂神は同意した。

彼が常に身に帯びている煙玉は、せいぜい大きな花火程度の効果しか期待できない。だが、伊賀者のような忍びでも日常的に使うものだから、あとで桐野の耳に入っても、それほど怒られることはないだろう。堂神にとっては、桐野の、己に対する覚《おぼ》えがすべてだ。足を棒にして市中を捜しまわる勘九郎が気の毒になり、つい連れて来てしまったのは堂神の悪い癖だった。

（上手《うま》くいかなきゃ、俺は手を引こう）

と思いつつ、堂神は勘九郎に言われるまま、店の中に、火の点いた煙玉を投げ込んだ。

二つ三つ、と立て続けに投げ込めば、それなりに派手な音も鳴るし、尋常ではない量の煙も出る。

「うわぁッ」

「火事だーッ」

「逃げろぉーッ」

「キャーアッ」

店の妓《おんな》たちも含めて、皆、一斉に慌てふためき、我先にと争って外へ出た。

「火事だぁーッ」

当然、一目散に番屋へと走る者もいる。

(上手くいったか)

内心ホッとしながら、堂神は逃げ惑う者たちを眺めていた。

「ほら、上手くいったろ」

堂神の耳許に明るく囁くと、勘九郎は軽やかな足どりで、目的の者のあとを追って行った。

勘三郎は懸命に走った。

夢中で、走った。

走ることには自信がある。これまでも、何度か遭遇した危機を、その足の速さで切り抜けてきた。

それ故いまは逃げねばならない。

先のことはどうでもいい。無事に逃げきれたら、それから考えればいい。

(相変わらず、逃げ足速えな)

内心辟易しながら、勘九郎は追う。

あとのことはどうでもいいから、兎に角この場を逃れようという浅はかさは到底褒められたものではないが、その一途《いちず》さだけは評価できる。

(祖父さんと、似ていないこともねえかもな)

ほろ苦い気持ちで、勘九郎は追った。

大門《おおもん》を出て、既に日本堤《にほんづつみ》の土手も過ぎた。

正直、そろそろ追いつきたい。

これ以上追いかけっこを続けては、正直勘九郎の根気が途切れそうだった。

(止まれッ)

思いとともに、咄嗟に拾いあげた丸い小石を、勘三郎の項《うなじ》に向けて投げる。

ぐぉッ、
小石は見事に狙った箇所へ当たり、

「うわッ」

驚いた勘三郎は軽く前へ転び、だが全力疾走の加速がかかってすぐには止まらず、そのまま一転二転した。

「いっ、いてえ……」

固い地面を転がり、転がった先で、漸く勘三郎は蹲《うずくま》る。

両膝を抱えて蹲ったきり、勘三郎はピクとも動かない。但し、その両肩は小刻みに震えている。痛みと恐怖によるものだ。

「ううぅぅぅ……」

その口からは、絶えず低い呻きが漏れていた。

「大丈夫か？」

ゆっくりとその背に近づきながら、勘九郎は問いかけた。

「…………」

その瞬間、丸く蹲った勘三郎の背は、明らかに、ビクリと大きく震えた。

「おい、叔父上?」

「ひゃあーッ」

勘九郎の呼びかけが終わらぬうちに、勘三郎は大音声の叫びをあげた。

「た、助けてくれぇーッ」

「うるせえよ、叔父上」

勘九郎は堪《たま》らず、その後頭部を軽く叩いて昏倒させた。もとより、意識を失うほど強くは叩かない。

「馬鹿みたいな大声出したら、今度こそ殺すよ」

耳許に低く囁きつつ、勘九郎は刀の鐺《こじり》で勘三郎の背をグイ、と強く押す。

「…………」

ぶるり、と激しく身震いしつつも、勘三郎は声を出さなかった。殺される、と思い、懸命に堪えたのだろう。

「お前、一体どういうつもりでうちに来たんだ?」

「…………」

「はじめから、小遣い稼ぎのつもりで来たなら、祖父さんが甘い顔見せてるうちにせいぜい金目のもんでも強請《ねだ》って、さっさと出てけばよかっただろう」

「だ、だから、出て行ったではありませんか。……勘九郎殿こそ、何故、それがしを追うのです」

「ふざけんじゃねえぞ、この野郎ッ」

思わずカッとなり、勘九郎はその襟髪《えりがみ》を摑んで思いきり締め上げる。

「うっく…うっ……」

苦痛の余り、勘三郎は呻く。

「死ねよ、てめえ」

怒りのあまり、勘九郎はつい口走った。

「祖父さんを悲しませやがって。……てめえが突然現れたりしなけりゃ、祖父さんは、昔の女のことで苦しむこともなかったんだ」

口走るうち、感情が激して、締め上げる腕に無意識の力が入る。

「お許し…ください。どうか、命だけは……」

勘三郎が必死に懇願する。

「お、お…許しくださるなら、すべて…お話しいたします。ど、どうか……どう…か、お助けください、勘九郎様ッ」

「………」

勘九郎はつと手を止めた。

「お願いでございます。……どうか、お助けを……」

「なにを、話すってんだ？」

「そ、それは……」

勘三郎は忽ち言い淀む。

命惜しさについ口走ったが、早速《さっそく》後悔しているのだろう。

「おい、命を助ける代わりに、なんか話してくれるんだろ、えっ？」

「………」

勘三郎は口を閉ざしたが、もとより勘九郎はそれですますつもりなどない。

「おーい、堂神、いるんだろ？」

「いるよ」

勘九郎が察したとおり、堂神は一番近い柳の幹影から、のそりとその大柄な姿を現す。

柳の幹は細く、どう見ても堂神のような体格の者が身を隠せる場所ではない。なのに、勘九郎に呼ばれるまで、見事に姿を隠しおおせた。果たして、如何《いか》なる術を用いればそんな芸当が可能となるのか。

さすがは元お庭番だけのことはある、と内心舌を巻きながら、

「なあ堂神、こいつを密かに閉じ込められるような場所はないかな？」

「お屋敷の座敷牢じゃ駄目なのか？」

「できれば、祖父さんに知られたくないんだ。いくらなんでも、祖父さんの目の前で殺したくはないしな」

「そういうことなら……」

鷹揚に頷きつつ近づいてくると、勘三郎の体を軽々と揺り起こす。

「ひぃ…ひぃいいいい……」

ただただ震えるばかりな勘三郎の肩に手を回してガッチリと抱え、強引に歩を進ませた。

抗《あらが》いたくても、勘三郎如きの膂力《りょりょく》で抗えようわけもなかった。

「ほら、しっかり歩けよ、坊っちゃん」

「…………」

「ちゃんと歩かねえと、ぶん殴るぞ、この野郎ッ」

底低い声音で恫喝されて、勘三郎は観念したようだ。肩を抱かれたまま、堂神に促されてトボトボと歩を進める。

勘九郎は、黙ってそのあとについて行けばよさそうだった。

三

「えげつない拷問を行っても、その悶絶の声が隣り近所に聞こえない場所」として、堂神が連れて行ったのは、例によって、お庭番が外の勤めの際に使っているであろう、郊外の隠れ家の一つであった。

「おい、ここって、お庭番の隠れ家だろ？」

勘九郎はすぐに察して堂神に問うた。

「桐野にバレるんじゃねえのかよ？」

「しょうがないだろ。うっかり街中の荒れ寺などでえげつない拷問をすれば、すぐに町方が駆けつけてくるぞ」

「それはそうだけど……」

「大丈夫だよ。この隠れ家はもうとっくの昔に廃《すた》れてる。師匠も忘れてるよ」

「なら、いいけど。……じゃあ、はじめるか」

「おう、まかせとけ」

「殺すなよ」

「お待ちくだされ。それがしは、元岡山藩士の子で、今岡文四郎《いまおかぶんしろう》と申しまする」

二人のやりとりに恐怖した文四郎は、拷問される前に、易々《やすやす》と自ら語りだした。

勘三郎――まことの名は、今岡文四郎という。

もとより、千鶴の産んだ息子ではない。

岡山藩の勤番侍の子で、江戸生まれの江戸育ちである。

だが、父の孫十郎《まごじゅうろう》は、ある日些細な失敗から任を解かれ、藩を逐《お》われた。

当然、下屋敷の長屋に住むことも許されず、父母とともに、江戸市中の裏店《うらだな》で暮らすようになった。所謂《いわゆる》浪人となったのだ。

父は、再仕官すべく、頻《しき》りに伝手《つて》を頼っていたが、うまくはいかなかった。

慣れぬ市井《しせい》暮らしで気疲れしたのか、母はまもなく病に倒れ、その治療費を稼ぐため、地回りの用心棒となった父は、やがて慣れぬ斬り合いで命を落とした。父に先立たれた母も、その心労からほどなく亡くなった。

文四郎は天涯孤独の身となった。十三の年である。

学問も武芸も中途半端で、仕官の望みなど抱くべくもない文四郎にとって唯一の救いは、下屋敷にいた頃から馴染んだ勤番侍の子弟らが、藩士の子でなくなった文四郎と変わらずつきあってくれたことである。

もとより、遊ぶ金欲しさで、盗みから強請り騙りまでなんでもやるような連中であったが、文四郎には大切な仲間だった。

「菊姫様の拝領屋敷で、人を集めてるらしいぜ」

という情報をもたらしてくれたのも彼らである。

「元藩士の子だといえば、雇ってもらえるんじゃないのか」

「でも、姫が集めてるのは腕利きの侍だろ。俺なんか、無理だよ」

「いいんだよ、なんでも。下働きでも門番でもなんでも、雇ってもらえりゃ御《おん》の字だろ」

「そうだぞ。決まった手当てをもらえるようになれば、それだけ暮らしが楽になるんだぜ」

「そうそう。武家奉公なんて、どうせちょろいんだから、暇みて遊べるだろ」

仲間たちが口々に背を押してくれたので、思いきって、行ってみた。

元藩士の息子というのが効いたのかどうかはわからぬが、無事採用され、留守居役として仕えることになった。

このときまで、文四郎は仲間たちの心を本気で信じていたのだが、菊姫の屋敷に勤めるようになってまもなく、彼らが、職を得た文四郎の、一定の手当てをあてにしている、ということを知った。

知ったところで、文四郎にはどうということもない。如何なる理由であれ、自分のような者とつきあってくれる仲間がいるというそのことだけで、嬉しかった。

かつて、岡山の城下で《巴御前》とあだ名され、天晴《あっぱ》れ、仇討ち本懐を遂げた烈女との評判も高い、新城家の千鶴を知ったのも、菊姫の拝領屋敷に勤めたが故のことである。

千鶴自身は、既に池田家との縁を絶ち、静かに市井暮らしをしていたが、菊姫のほうはそれを許さなかった。

街中でたまたま見かけた千鶴を、強引に屋敷へ招いた。

菊姫は子供の頃、奥女中の教育係であった千鶴に、自らも小太刀の手ほどきを受けていたのだ。

その頃と少しも変わらぬ風情の千鶴を懐かしがり、自らの側近《そば》く仕えぬかと菊姫は誘ったが、

「もう長らく市井に暮らしておりますれば、堅苦しいお屋敷勤めは無理かと思います」

と、丁寧に辞退したらしい。

それでも、千鶴を姉の如く慕っていた菊姫は、

「ならば、勤めずともよいから、たまには妾《わらわ》を訪ねてくりょう。そなたと話がしたいのじゃ」

懸命に掻き口説き、

「畏《おそ》れ多いことではございますが、姫様がお望みでしたら、何時《いつ》如何《いか》なるときでも――」

千鶴はそれを受け入れた。

たまたま、千鶴を呼びに行く役目を仰せつかったのが、新参者の文四郎である。

「文四郎殿は、いくつになります？」

「今年で二十歳になりまする」

何度か顔を合わせるうち、気安く私語を交わすようになった。

「そうですか。岡山には、もう御身内は一人もおられないのですか」

「ええ、おそらく。それがしは江戸生まれの江戸育ちでございますれば――」

「それは、お寂しいですね」

千鶴はひっそりとした笑顔を見せ、愛《いと》おしそうに文四郎を見た。もとより文四郎に

は、千鶴のその幽《かそ》けき笑みの意味はわからなかった。

わからぬながらも、ただただ、美しいひとだと思った。おそらく、母親ほどの年齢の女を、だ。

千鶴が菊姫の拝領屋敷に出入りするようになってまもなく、もう一人、屋敷に出入りするようになった者がいる。

それこそが、元岡山藩士・林田益士郎。千鶴の元許婚者であったが、それは文四郎の知るところではない。

「なるほど、てめえの正体はわかった」

聞き終えるや否や、勘九郎は言った。

「だが、なんでてめえが、祖父さんの息子を名乗ってうちに来たのか、肝心のことをなんにも聞いちゃいねえぞッ」

思わず語気が荒くなる。

「どうなんだよ、おい？」

厳しく詰め寄られて、

「う…羨ましかったのでございますッ」

四肢を地べたへめり込ませる勢いで土下座し、文四郎は言った。

「千鶴様のようなお方が母上であったなら、どんなによかったろう、と夢に見たのでございます」

涙声を懸命に絞り出し、文四郎は言葉を続ける。

「親しくなるうち、松波様のことも話してくだされ……いえ、決してお名を出されたわけではございませぬ。お名を出されはしませんでしたが、簞笥の中に、松波家の家紋が入った印籠が……」

「盗んだのか?」

文四郎が言い終える前に問い返して思わず摑みかかると、

「ち、違いますッ。千鶴様が、くださったのです」

「嘘つけ、この盗っ人野郎ッ」

「ほ、本当です。……生涯でただ一人、心から慕うた殿御にいただいたものだ、と……」

「そんな大事なもの、赤の他人のてめえなんぞにくれるわけねえだろうがッ」

「に…似ていると言われました」

文四郎は懸命に言い募った。

「それがしの面差しが、亡くされたお子に似ていると……」

「亡くされた？」

「千鶴様は、早くにお子様を亡くされたようでございます」

「そう……なのか」

勘九郎は言葉を失い、深く嘆息した。

そのことを、おそらく桐野は知っていた筈だ。大藩の上屋敷に忍び込み、二十年前の記録を易々と盗み見ることのできるお庭番だ。

（そういえば、こいつがとんでもねえ放蕩息子で、何年も家に寄りつかねぇって話をしたとき、桐野の奴、珍しく話が長くてくどかった。町の年寄りに軒並み話を聞いたとか、って。……そんなことまでわざわざ言うのは桐野らしくねえ、と思ったんだ。誤魔化そうとすると、どうしても話が長くなるもんだ）

おそらく、他にも三郎兵衛に報告していない事実が山ほどあったことだろう。

（そりゃ、言えねえよな）

桐野の辛さをしみじみと慮《おもんぱか》ったあとで、だが勘九郎はつと目を剝いて文四郎を睨む。

危うく言いくるめられるところであった。

「だからって、てめえが息子を騙る理由にはならねえだろうが。どうせ、目先の金目当てだろうがよ」

「………………」

文四郎は言葉もなく俯き、勘九郎の五体に新たな怒りが漲《みなぎ》る。

「やっぱりこいつ、許せねえ。……ぶっ殺すしかねぇ」

「そんな!……は、話が違いますッ」

「なんの話だよ!」

「すべて白状すれば、命を助けるというお約束ですッ」

「知らねえなぁ、そんな約束した覚えはねえよ」

「そんな!」

「本当の息子でもねえのにのこのこ出て来やがった騙り野郎なんざ、許せる道理がねえだろうよ……」

「そのとおり。許せる道理はございませぬ」

戸が引き開けられる音もしなかったのに、ふと外から、囁くような声音とともに人が入ってくる。

「桐野……」

勘九郎は思わずその場に佇立《ちょりつ》し、

「師匠、遅かったな」

堂神は平然と桐野を迎えた。

「堂神、てめえ、ハナからそのつもりで、俺とこいつをここに連れて来やがったのか！」

「当たり前だ」

顔色も変えずに堂神は嘯《うそぶ》く。

「俺は師匠の言うことしか聞かん」

（堂神、この野郎〜ッ）

口には出さずに心でのみ罵《ののし》り、勘九郎は思わず歯嚙みする。

「堂神を責めないでくださいませ。すべて私が命じたことにございます」

「…………」

勘九郎は黙って桐野を見返した。

到底言い返すことなどできそうにない真摯な表情で懇願され、勘九郎は内心困惑する。

「そやつには、私からも訊きたいことがございます」

「え？」

戸惑う勘九郎が応えるのを待たず、桐野は文四郎の前に立つ。

一見優しげな桐野の風貌を見返し、酷いことはされぬだろうと安堵したのだろう。

「今岡文四郎」

冷たい声音で名を呼ばれ、意外そうに桐野を見返す。

「菊姫によからぬことを吹き込み、悪事に手を染めさせているのは何者だ？　合雅こと、元岡山藩士・林田益士郎か？」

「ぞ、存じませぬ。誰です？」

問い返した次の瞬間、

「ふざけるなッ」

桐野の怒声とともに、文四郎の頬が火を噴いた。

どぎゃッ、
という、殴打音とともに、桐野の右の掌《てのひら》が文四郎の頬を激しく打ったのだ。だが、平手打ちの筈なのに拳固で殴打したような音が鳴ったことに、打たれた文四郎も、見ていた勘九郎も、ともに驚いた。

「…………」

答えぬ文四郎の頰は見る見る紅く腫れあがる。

「訊かれたことに素直に答えねば、もっと痛い思いをすることになるぞ」

眉一つ動かさず無感情に言い放つ桐野の顔を見上げる文四郎の体は激しくうち震えた。

一方勘九郎は、以前桐野が、三郎兵衛の命《めい》で、捕らえた伊賀者を折檻した折のことを思い出していた。

(あの折は、祖父さんに言いつけられて仕方なくやったが、今回は自らやる気満々だ)

と察した勘九郎は、震える文四郎の耳許へ、

「お前、今度こそ、殺されるぞ」

低く囁いた。

「見かけが優しそうだからって舐めてると、後悔することになるぞ。桐野の責めは、屈強な伊賀者でも泣いて赦しを請うんだからな」

「聞こえておりますぞ、若」

どこか楽しげな口調で桐野は勘九郎を牽制し、

「堂神、ここに杖《じょう》はないか？」

横顔から堂神に問う。

「杖はねえけど、木刀ならあるよ」

「木刀は駄目だ。太すぎてすぐ急所に入り、死んでしまう。杖のように細くてよく撓《しな》るものでないと、上手く痛いところを責めることができぬ」

「じゃあ、裏に生えてる竹でも伐《き》ってきましょうか。細いやつなら、杖みてえに撓りますぜ」

「ああ、頼む」

桐野が言いきらぬうちに、堂神は素早く出て行った。あの調子なら、桐野が求める理想の竹を見つけるのに寸刻とかからぬだろう。

「あ、あのう……ご、合雅というお人については、それがしはよく存じませぬが、お屋敷のことはすべて、瀧沢《たきざわ》様が取り仕切っておられますので――」

怖ず怖ずと口火を切る文四郎を、桐野はしばし無言で冷ややかに見据えていたが、

「瀧沢とは？」

やがて口を開くと、必要なことだけ短く問うた。

四

(だいぶ貯まったわ)

蔵の中に高く積まれた千両箱の数を、ゆっくりと数える。さも愛《いと》おしそうに、その一つ一つを撫でながら。

(可愛い我が子じゃ)

瀧沢は思わずニヤリとほくそ笑む。

皺の多い顔に冷たい笑みが滲むと、小さな子供なら間違いなく泣きだすくらい恐い顔になった。

(姫よりも、可愛いくらいじゃ)

老女・瀧沢は菊姫の乳母であり、三十年近く、片時も離れることなく姫に仕えてきた。ただの一度も嫁ぐことなく、当然己の子を持つこともなかった。

だが、齢《よわい》六十を前に、姫にひたすら愛情を注ぎ、ただ姫のためにのみ生きてきた己の半生が虚しく思えるようになった。

このまま、あと十年か二十年かわからぬが命ある限り姫に仕え続けて、死ぬ。体が言うことを利くうちはそれでもよいが、万一病《やまい》に倒れたりしたら、どうなるのだろう。

もとより、これまでの功績があるから、無下《むげ》に扱われたりすることはない。たとえ寝たきりになろうと、専属の侍女が付けられ、最期まで世話をしてくれるだろう。

だが、病で衰弱死してゆく奥勤めの者の最期がどれほど憐れなものか、瀧沢はよく知っている。身分の高い老女ほど、若い奥女中からは煙たがられているものだ。元気だった頃には頭ごなしに叱られた恨みもある。弱って動けなくなったのを幸い、これまでの意趣返しとばかり、ぞんざいに扱われているのを、ちょくちょく目にした。

そんな惨めな余生でよいのか。

(絶対に、いやだ)

と瀧沢は思った。

惨めな余生を回避するには、兎《と》に角《かく》金を持つことだ、と考えた。

二十年先まで遊んで暮らせるだけの金を手に入れたら、宿下がりを願い出る。その前に手頃な一軒家を買って、稼いだ金を運び込んでおこう。たとえ三日の余命でもいいから、わがままな姫のお守りから解放され、好き勝手をして過ごしたい。

(そうじゃ。芝居小屋通いをしよう。姫と一緒では少しも楽しめぬ。毎日、一人で芝居を観て暮らしたや)

そんな矢先、姫に同行した芝居見物の帰りに、林田益士郎を見かけた。

既に四十を過ぎた益士郎は年齢相応に枯れてはいたが、まだまだ充分に魅力的な容貌をしていた。

「あれは……益士郎ではないか？」

乗り物の中からも、菊姫はすぐに気づいて色めきだった。

「のう、瀧沢、益士郎じゃ。益士郎よな？」

「まことに、益士郎でございます」

瀧沢は仕方なく肯いた。

菊姫にとって、短い間ではあったが教えを受けた烈女・千鶴の許婚者は、実は初恋のひとだった。七つの少女の初恋は、長らく存外少女の中に居座ることとなる。

（まるで、絵巻から抜け出た公達《きんだち》のような）

父と老臣と、幼い弟たち以外の異性を知らずに育った菊姫にとって、千鶴とともにお忍びで出た城下で偶々《たまたま》見かけた益士郎の面影は、忘れ得ぬものとなっていた。

その後姫が嫁いだ御家門の当主は並以下の容貌の主でしかなかったから、わがままな姫が夫に満足するとは到底思えなかった。離縁にいたるまで、さほどのときはかからなかった。

離縁しても国許に戻らず、江戸に住まうことを許された菊姫に遊興を勧めたのは瀧沢である。

芝居小屋通いから、衣装道楽、老舗《しにせ》料亭の板前を屋敷に呼んでの食い道楽等々。質素倹約のこのご時世では、幕府から睨まれて当然の愚行を重ねさせた。

金を貯めて宿下がりした後は、赤の他人の姫がどうなろうと、知ったことではない。

市中で益士郎を見かけた菊姫は、それからしばらく気も漫《そぞ》ろであった。

もとより瀧沢は人を遣り、益士郎の居所を突き止めている。当然、現在の益士郎がどういう暮らしをしているかも調べさせていた。

知った上で、益士郎を召した。

それと前後して、なんと市中で、千鶴を見かけたのだ。

(なんということだ)

今度は瀧沢が色めき立った。

正直、二十年前に仇討ち本懐を遂げた烈女の千鶴が城勤めをすると決まったとき、誰よりもそれを不快に思ったのは瀧沢だった。

その理由は、危機感にほかならない。

父親の仇を討ったことで名をあげた文武両道の女が、教育係として城中に来れば、何《いず》れ自分を脅かす存在になるかもしれない。

が、幸いなことに、千鶴はほんのひと月ほど城勤めをしただけで、ある日突然姿を消した。宿下がりを理由に城を出て、そのまま城下からも出奔してしまった。

理由はわからぬが、将来の邪魔者が自ら去ってくれたことを、瀧沢は歓んだ。

江戸で千鶴を見かけた際、その当時の不安がぼんやり甦《よみがえ》り、関わることを一瞬躊躇《ためら》った。が、冷静になって考えたとき、いまの千鶴は、恐れるべき相手ではなかった。

粗末な着物に身を包み、市井に暮らす千鶴は、かつて国許で褒めそやされていた烈女ではない。目立たぬようにひっそりと暮らし、商家の娘に芸事を教えてその教授料で細々と生計を立てている憐れな中年女だ。

(城勤めをしていた頃を思い出せば、己の惨めさが身に沁みることだろう)

瀧沢は悪意を以て千鶴を召し出した。

旧主に呼ばれて、内心厭々《いやいや》ながらも、千鶴は菊姫の屋敷へやって来た。

「お懐かしゅうございます、姫様」

「そちも息災でなによりじゃ」

菊姫は無邪気に歓んでいたが、このとき瀧沢は、千鶴が琴や生け花を教えている娘の家から、大金をせしめてやろうと考えついた。

千鶴の元許婚者の益士郎は、既に菊姫の枕席《ちんせき》に召され、姫の情夫になりおおせている。

(あの売僧《まいす》を使うのがよかろう)

そこまで考えて、瀧沢は心中ニヤリとした。

自分でも不思議なくらい、次から次へと悪い考えが沸き起こる。

この悪巧《わるだく》みを考える能力で、あと三十年は生きてゆける気がする。

しかし、そんな瀧沢にも多少の誤算はあった。

何度か菊姫に召されるうち、千鶴は益士郎と再会してしまった。彼のその風体《ふうてい》を、千鶴は当然怪しんだ。

そして、知った。美濃屋をはじめ、己が出稽古に行っている大店から、強請り騙りにも等しい手段で大金をせしめているということを——。

姫と益士郎が男女の関係であることにはなんの興味もない千鶴であったが、旧知の者が陰で悪事を働いているとなれば、話は別だ。はじめは、菊姫が遊ぶ金欲しさから益士郎にやらせているのかと思ったが、違っていた。少々わがままが過ぎるだけで世間知らずな姫に、その種の知恵がまわるとは思えない。

そんな悪知恵を持ち合わせているのは、長い城勤めでさまざな経験を積んだ古狸《ふるだぬき》以外に考えられなかった。

すべてを察した千鶴は、

「すぐに止めさせなければ、殿様にすべてをお知らせし、しかるべく沙汰をしていただきます」

少しも怖《お》じることなく瀧沢に詰め寄った。

その真摯な表情は、間違いなく「烈女」のものであった。

(おのれ！)

烈女の瞳に一瞬たりとも気圧《けお》されたことを、瀧沢は口惜しく思った。

そんな己を奮い立たせるためには、千鶴を殺すしかなかった。益士郎にはさすがに元許婚者を手に掛ける度胸はなかろうと思い、合雅屋敷に雇われた破落戸を使った。

さしもの烈女も、複数の敵から同時に襲われてはひとたまりもなかったに違いない。

(ざまあみろ)

その無念の死に顔を見てやれなかったことだけが、いまは唯一の心残りである。

だが、それからしばらくして、無人の筈の千鶴の借家を訪れた者がいると聞き、不安になって、家捜しさせた。

万一の際に備えて、千鶴が事の次第をすべて認《したた》めた書状でも出てきたらまずいと思ったからだが、そんなものは見つからなかった。それでも、安堵できず、仮にどこかに隠してあったとしても金輪際《こんりんざい》発見できぬよう、家具や行李を悉《ことごと》く破壊させた。

故人の借家を訪れた者の中に、大目付がいたなどということは、夢にも知らない。

(妾の勝ちじゃ)

人目も憚《はばか》らず高笑いしたい気持ちを抑えつつ、瀧沢は漸く千両箱を数え終えた。

(もうそろそろじゃ)

踵《きびす》を返そうとして、だが瀧沢の足は無意識に止まる。

「瀧沢殿」

耳許に低く囁きかけられ、瀧沢はゾッとした。項のあたりに硬くて冷たい感触があり、それが刃物だということは容易く察せられる。

「た…誰じゃ」

声を出すなと命じられたわけではないのに、勝手に声が掠《かす》れてしまい、音声にならない。

「お静かに」

鋭い切っ尖を、やや強く押し当てられ、瀧沢の体がビクッと大きく反応する。

「主家《しゅけ》のため、菊姫様のため、お命頂戴いたします」

最期まで、囁くような声音であった。

冷たいのか優しいのか、わかりにくい声音であった。ただそのとき瀧沢にわかったのは、刃物が己の体に突き入れられることは遂になかった、ということだ。刃物の感触が膚《はだ》から去った次の瞬間、四肢に、獣に襲われるかのような激しい力が加えられた。そんな経験はただの一度もない筈なのに、熊にでも襲われているのではないか、と錯覚した。

「んぐッ……」

苦痛が全身を貫き、声を出したいのに口をふさがれている。

息ができず、身動きもできず、これまで味わったこともない苦痛のうちに、意識が揺らいだ。

「…………」

やがて事切れた瀧沢の小柄な体をそっとその場に横たえながら、桐野は短く嘆息した。

宿痾《しゅくあ》の一つもなかった壮健な老女の突然死は、多少不自然ではあるが、体に、刃物の創《きず》も殴られたり絞められたりした痕跡もなければ、結局は病死ということになるだろう。

僅かでも他殺の疑いを残してはいけない。桐野は細心の注意を払った。暗殺の際、対象の体になんの痕跡も残さぬ方法はいくらでもある。相手に苦痛を与えずに葬るのであれば毒を用いてもよかったが、この極悪な老女には、是非とも苦痛を与えたかった。

それが、三郎兵衛の望みでもあったからだ。

五

「全員揃ってるか？」

「ええ、揃ってますよ」

お香は少々胸を張って大きく肯く。

「間違いないか？」

「はい。間違いありません」

「知らねえ顔は、一人も来ちゃいねえだろうな？」

「くどいよ、旦那」

お香はさすがに厭な顔をした。

「このあたしが、今日は一日見張ってたんですよ」

「悪かったな、お香。どうしても、全員揃ってるときでないと意味がないのでな。それより、同心も目明かしも誰一人来ておらぬようだが、大丈夫なのか？」

「そりゃそうですよ。月番でもないのに、派手な捕り物するわけにはいかないでしょ」

「それはそうだが……だったら、合雅を召し捕る手柄は……」

「だから、あたしなりに、ちゃんと考えてありますって」

そこでお香は、咲きこぼれるような笑顔になった。笑うと目尻に皺《しわ》ができ、年齢相応に見えてしまう。

「そんなことより、さっさと用を済ませてくださいよ」

「わかった。しばし、待て――」

珍しく、笑顔を見せて三郎兵衛は言い、目的の屋敷に向かって歩を踏み出した。

酉《とり》の刻過ぎ。あたりは闇に蔽《おお》われている。

だが武家屋敷の門に提灯《ちょうちん》は掲げられておらず、門前の辻行灯《つじあんどん》にも灯りは入っていない。当然門番もおらず、一見無人の屋敷のようでもあった。

三百石の旗本屋敷を維持するのであれば、門番、中間《ちゅうげん》、下働き等、最低でも十人以上の使用人を必要とする。

(そう考えると、我が屋敷はあまりにも人手不足であるな。矢張り、新たに雇い入れねばなるまい)

などということを漫《そぞ》ろに思いつつ脇門の前に立った三郎兵衛は、その門戸を、いきなり乱暴に蹴りつけた。すると、
ばぁぎッ、
と激しい音をたて、門戸は忽ち砕け散る。

築二十年以上を経た古い屋敷で、なんの手入れも為されていないとなれば、珍しくはない。

だが、

「なんだッ！」

その激しい物音を聞きつけて、さすがに人が駆けつけて来る。浪人風体の者が、二人。一応二刀を帯びてはいるが、見るからに心得のなさそうな者たちだ。

「あ！」

「なんだ、てめえは！」

三郎兵衛を見て仰天し、口々に喚《わめ》く二人を見返す三郎兵衛の目には、なんの感情もない。

「外道《げどう》めッ」

口中に低く怒鳴りざま、居合《いあい》の如く抜いた刀を一旋《せん》――。

ごごょッ、

ドギャ……。

二人は、ともに頸動脈を両断され、瞬時に絶命する。

三郎兵衛はそのまま真っ直ぐ玄関から突入する。

建物の中には、さすがに火が灯されていた。

三郎兵衛は真っ直ぐに進む。

「なんだ」

「なんだ」

「なんだ」

異口同音《いくどうおん》に口走りつつ、今度は三人が同時に来た。

酒でも飲んでいたのか、どの男も目が濁り、まともに刀を抜けそうにもない。足どりも心許《こころもと》なくふらついている。

「邪魔だ」

低い呟きとともに、三郎兵衛は刀を三旋する。

そいつらは、ほぼときを同じくして、袈裟《け さ》懸《が》けから逆袈裟、また袈裟懸けと斬り下げられた。

瞬殺であったため、断末魔の声すらあがらなかった。

(これで、五人……)

数えるまでもなく三郎兵衛は数え、そして発した。

「さっさと出て来い、クズどもがーッ」

渾身《こんしん》の怒声を——。

「…………」

残りの五人は、或いは酔い潰れて寝ていたのかもしれない。

寝惚《ねぼ》け眼《まなこ》を擦《こす》りながら現れた最初の一人のことは、言葉もかけずに胸倉を摑んで締め上げ、下から上へと刀で貫いた。

殆ど無抵抗といっていい相手に対して、通常三郎兵衛はそんな真似はしない。

だが、いまだけは別だ。

「出て来ぬのなら、寝惚けたまま死ぬがいい」

鬼のような言葉を吐きつつ三郎兵衛は進んだが、進んだ先にも敵の姿はない。

寝室と思《おぼ》しい部屋の前まで行き着いたとき、三郎兵衛は最早徒《いたずら》に声を上げたりはしなかった。

ただ、手にした刀の切っ尖でぞんざいに襖を開ける。

「うおぉぉぉ～ッ」

気の抜けた気合とともに、大上段から斬りつけてくる者がいた。

生意気にも、身を潜《ひそ》めて不意討ちを仕掛けてきたのだ。もしその太刀捌《たちさば》きが達者であれば、なかなかの策士といえたろうが、所詮《しょせん》力量不足であった。

三郎兵衛の目には、その動きはほぼ止まって見えている。

止まって見える切っ尖を、僅かに身を捩《よじ》って避《よ》け、避けると同時に、振り下ろした刀で、そいつの脳天をぶち割った。

「ぎょぎょ……」

断末魔の音声であった。

(あと三匹……)

数えるまでもないが、三郎兵衛は心中入念に指を折った。

「何処だぁ？　うじ虫どもめッ」

大声を放ちながら、奥へ奥へと進む。

三百石の旗本屋敷であれば、そろそろ主人のいる書院に行き着く筈だ。

「隠れても無駄だぞッ」

すると、恐怖に耐えられなくなったか、物置部屋の戸が開き、三人が同時に飛び出して来る。

「な、なんで？」

「お、俺たちは、騙り行者の片棒をかついだだけで……」

「い、命までとられるほど、悪いことしちゃいない」

「ほう、命乞いでもするなら兎も角、成敗される覚えはないと言い張るか」

口許を僅かに弛めながら三郎兵衛は言った。ゾッとするほど酷薄そうなその笑顔は、三人を恐怖に陥れるには充分だった。

「可愛げのない奴らだ。ただ斬って捨てるのが惜しくなったぞ」

「…………」

三人は口を噤《つぐ》んで一歩後退する。

「せいぜい苦しませてから、地獄へ送らねばな」

「さ、三人で同時にかかれば」

「奴だって…き、鬼神じゃねぇ」

「そ、そうだ。三人で同時に——」

三人は瞬時に申し合わせ、次の瞬間刀を構え直したが、遅かった。彼らが揃って踏み出すより早く、一瞬の間《ま》に、三郎兵衛が間合いに到達している。

青眼に構えた三郎兵衛の切っ尖が、ほぼ同時に、三人の胸倉を斬り裂《さ》いた。

「おごッ」

「べへっ」

「ぶぐぅ」

実際には、一人を袈裟懸け、一人を逆袈裟、最後の一人に突き入れたのだが、斬られたほうは何一つわからぬまま、息絶えたであろう。

口では残酷なことを言っても、実際には殺生《せっしょう》を歓んでいるわけではない。

「悪いが、鬼神なのだ」

短く独りごち、三郎兵衛は刀をおさめた。

発見された千鶴の遺体には、無惨にも複数の斬り創《きず》があったという。その創が、浅いのやら深いのやら、区々《まちまち》であったことを、お香は思い出した。下手人が複数で、しかも未熟な腕であるがために相違なかった。

（さぞや痛かったであろう。…苦しかったであろうな）

思うだけで三郎兵衛の心は激しく痛んだ。

たとえば、勘九郎とともに、千鶴が出稽古をしていた娘たちをまわった帰りに二人を襲ってきた忍びのような連中であれば、確実に一撃で仕留める方法を知っている。忍びでなくとも、人を殺し慣れた、腕の立つ刺客《しかく》なら、大抵ひと太刀で命を奪うものだ。余計な労力は使わない。

この半年ほどのあいだに千鶴の周辺に起こったことを調べた限りでは、千鶴の命を奪う必要があったのは、合雅こと林田益士郎とその手下以外に考えられなかった。もとより、悪事が露見したことによる口封じのためである。菊姫の乳母・瀧沢のどす黒い嫉妬や思惑など、三郎兵衛の知るところではない。

「おそらく間違いないでしょう」

すべての調べを終えた桐野も、三郎兵衛の考えを積極的に肯定してくれた。

「…………」

刀の鐺を書院の襖のあいだにこじ入れると、滑りの悪い襖を一気に開けた。

が、中にいた総髪法衣の男はさほど驚いた様子もなく三郎兵衛を見返した。

部屋の灯りは、床の間《とこのま》の置行灯《おきあんどん》一つきりである。

部屋外の騒ぎはすっかり聞こえていたろうから、己の身にどういう状況が迫っているか、想像はできたであろう。

「林田益士郎」

名を呼ばれてもなお顔色を変えず、落ち着き払っているようなのが、三郎兵衛には気に入らなかった。

それ故、怯《おび》えさせる目的で刀を抜くと、つかつかと近寄り、その喉元三寸のところまで突き付けた。ところが、

「火盗か、町方か？」

怯えた様子もなく、逆に訊いてきたから、三郎兵衛のほうが内心驚かされることになる。

「どちらでもない、と言ったら？」

「え？」

益士郎は、三郎兵衛の言葉に僅かに驚き、少しく意外そうな顔をした。だが、

「じゃあ、菊姫の手の者か。町方に目を付けられてるらしいし、そろそろ邪魔になってきた頃だな」

次の瞬間には妙に覚《さと》りすました口調で言い、自ら納得している。

(こやつ――)

三郎兵衛の中に、名状しがたい怒りが湧いた。当初の予定では、益士郎だけは手にかけず、お香と北町の手の者に委《ゆだ》ねるつもりであった。

己の欲望を満たすため、元許婚者を手にかけるような屑《くず》は、三郎兵衛が自ら斬り捨てるほどの値打ちもない、と思ったからだ。

が、そのふてぶてしい態度を見るうち、三郎兵衛の中に殺意が湧いた。

(いや、殺してしまってはお香に悪い。あれほど協力してくれたのだから――)

辛うじて堪え、

「一つだけ訊く。千鶴殺しには、貴様も加わったのか？」

極力感情を押し殺した声音で問うた。

「加わってはいないが、加わったも同然だ」

「どういう意味だ？」

「奴らが瀧沢の命《めい》で千鶴を殺すと知っていながら、なにもしなかったのだから、加わったも同然だろう」

答える益士郎の口許が醜く歪んだ。自嘲であった。否、或いは泣いていたのかもしれない。なまじ整った顔立ちであるだけに、心根から滲み出る醜さが際立って見えた。

「お前――」

最後にもう一言念を押そうかと思ったが、やめた。

益士郎の目には、最早なんの希望の色も見出せなかった。余程、辛い日々を過ごしてきたのであろう。少なくとも、この世に未練を残す者の目ではなかった。

助かりたい、と思う気持ちを持たぬ者に、今更、「池田家や菊姫の名だけは出すな」などと、念を押す必要はない。

強請りや騙りの罪は微細だが、殺しとなれば話は別だ。邸内の多くの死体を見た町方は、「仲間割れ」と判断するしかないだろう。一人生き残った者が、当然下手人ということになる。

(千鶴殺しの罪を背負って、獄門首になれ)

醜くも美しい男の顔を見ているのがつらくなり、三郎兵衛は無言で踵を返した。元来た廊下を戻るのではなく更に奥へと進み、厨《くりや》へ入ると、そこから外に出る。

「ほら、旦那、早く、早く――」

「しかしなあ、お香。月番でもねえのに、下手人を捕らえるというのはなぁ……」

「いいから、いいから。……見廻りの途中たまたま通りかかって、騒ぎに出会《でくわ》したって言えば、いいんですよ」

「ま、まあ、これだけ人が死んでるんだから、見過ごしにはできねえな」

「そうでしょう、旦那。……さあ、早く、早く――」

お香と、おそらく北町の御用を勤める目明かしか同心だかの言い合う声が、裏の勝手口から屋敷の外へ出ようとする三郎兵衛の背に届いた。お香が知恵を絞った苦肉の策は、おそらく功を奏するだろう。

※

千鶴は確かに子を産んだが、おそらくその子が十かそこらのとき、亡くしてしまったのだろう。

子を産んでから喪《うしな》うまでのあいだのことは、いくら調べても、桐野にもわからなかった。

ただ間違いないのは、江戸に着いた千鶴が、真っ先に松波家を訪れようとした、ということだ。だが、結局千鶴が松波家の門を叩くことはなかった。そのとき千鶴は、おそらく目にしたのだ。屋敷の門前に張られた「忌中」の文字を――。

その文字を見て、千鶴は三郎兵衛を訪ねるのを止めた。亡くなったのが、三郎兵衛の長子であることを知ったためだろう。肉親を喪う悲しみなら、千鶴のほうが先に経験している。そんなところへ押しかけられる筈がない。

三郎兵衛を頼ることを諦めた千鶴は、その後己の痕跡を消すかの如く江戸の片隅で細々と生きた。子とともに懸命に生きたが、その最愛の我が子も、喪った。

それからの千鶴の人生が幸せであったかどうか、三郎兵衛には想像もつかない。

千鶴と過ごしたのは、ほんの数日のことだった。

だが、ほんの数日を過ごしたその印象でいえば、千鶴は最後まで、三郎兵衛の知る、潔《いさぎよ》く清々《すがすが》しい烈女のままであった筈だ。

(だからこそ、最後まで、儂《わし》を頼ろうとはしなかったのだな)

三郎兵衛にはそれがなにより悲しかった。

もしかしたら、すべては三郎兵衛の勝手な思い込みで、千鶴の子の父親は三郎兵衛ではなかったのかもしれない。

文四郎が千鶴からもらったという松波家の家紋入りの印籠が、本当に三郎兵衛のものであったかどうか、いまとなっては調べようもない。小遣い銭欲しさから、文四郎はとっくに質に入れてしまっていた。

「申しわけございませんッ」

例によって、無様《ぶざま》に這い蹲《つくば》りながら詫びる文四郎を、最早怒る気にもなれなかった。

(今更それを確かめたところで、なんの意味もない。千鶴も子も、もうこの世にはおらぬのだからな)

それだけはさすがに処分できなかったのだろう。文四郎が持ち帰った千鶴の位牌に、三郎兵衛は静かに手を合わせた。

意味がないのであれば、せめて我が子であった、と思っておこう。そう思えば、三郎兵衛も多少は救われる心地がする。

小石川の借家で古い玩具を見かけたとき、妙に心が傷《いた》んだのも、それが、かつて我が子が遊んだ玩具だったからに違いない。

「やい、文の字、てめえーっ」

唐突な怒声が三郎兵衛の心の悲しみと静寂を破り、屋敷じゅうに響いた。

「てめえ、千鶴さんに免じて、当分うちで面倒見てやるけど、黒爺が甘いのをいいことに怠けてやがると、ただじゃおかねえからなッ」

「め、滅相もございません。……決して、怠けてなどおりませぬ」

「本当だろうな?」

「本当でございますッ」

聞こえてきた勘九郎と文四郎のやりとりに、三郎兵衛の口許が無意識に弛《ゆる》んだ。

（勘九郎め、口では悪《あ》し様に罵っておるが、存外楽しそうではないか）

生前の千鶴と多少縁があったということから、文四郎を引き取り、屋敷で働かせる、と三郎兵衛が言い出したとき、当然勘九郎は猛反対した。

「嘘吐きの騙り野郎なんぞ、真っ平だ」

「だが、奴は黒兵衛のへそくりに手をつけおった。償わせねばならぬ」

「そんなの、盗みで町方に突き出せばいいだろうが」

「町方に突き出したところで、金は戻ってこぬぞ。……あれは、黒兵衛が己の老後のためにせっせと貯えた金だ。あれが戻らねば、黒兵衛はこの先どうやって余生を過ごすのだ」

「…………」

「それに、詐《いつわ》りとはいえ、儂の息子を名乗って来たのも何かの縁じゃ。あの腐った性根を一から叩き直してやるわい」

結局は三郎兵衛が押しきったが、文四郎が屋敷の下働きをするようになってから、勘九郎は毎日目を光らせている。

文四郎を悪事に引き込んでいた勤番侍の子弟については、稲生正武を通じてその行状をそれとなく江戸家老の耳に入れさせたから、もうこれまでのように放埒《ほうらつ》な暮らしは許されないだろう。池田家のように謹厳な家風の御家であれば、或いはなんらかの処分が下されるかもしれない。

「町方に突き出されるのと、当家の使用人になるのと、どちらがよい？」

と迫られ、文四郎は当然後者を選んだ。

騙した家の使用人になることに、たいした戸惑いも抵抗も感じていないらしい厚顔さはさすがであった。

勘九郎の怒声が連日鳴り響くため、黒兵衛のほうは、このところすっかり鳴りをひそめている。

(賑やかなのは、寧《むし》ろ有り難いか)

三郎兵衛はふと腰を上げ、障子をあけた。

「誰か、茶をもて」

誰にともなく呼びかけると、

「はい、ただいまッ。それがしがお持ちいたしますッ」

庭の掃き掃除をしていた文四郎が、箒《ほうき》を持ったままで厨に向かって走りだした。

「おい、毒なんか入れるじゃねえぞ、この野郎ッ」

勘九郎の叱責がすぐそれに続く。

三郎兵衛はそのとき、己が無意識に微笑《ほほえ》んでいるということに気づいてはいなかった。

（そういえば、次左衛門めがあれほど池田家を慮った理由は一体なんだったのだろうな。……桐野に調べさせてみるか）

気づかぬままに、その無意識の笑みは、次第に腹黒そうなものへと変わっていった。

時代小説

二見時代小説文庫

行者《ぎょうじゃ》と姫君《ひめぎみ》　古来稀《こらいまれ》なる大目付《おおめつけ》4

二〇二一年十二月二十五日　初版発行

著者　藤《ふじ》　水名子《みなこ》

発行所　株式会社　二見書房
〒一〇一-八四〇五
東京都千代田区神田三崎町二-一八-一一
電話　〇三-三五一五-二三一一［営業］
　　　〇三-三五一五-二三一三［編集］
振替　〇〇一七〇-四-二六三九

印刷　株式会社　堀内印刷所
製本　株式会社　村上製本所

落丁・乱丁本はお取り替えいたします。定価は、カバーに表示してあります。
 ISBN978-4-576-21192-3
https://www.futami.co.jp/

藤 水名子

古来稀なる大目付

シリーズ

以下続刊

① 古来稀《まれ》なる大目付　まむしの末裔
② 偽りの貌
③ たわけ大名
④ 行者と姫君

「大目付になれ」――将軍吉宗の突然の下命に、一瞬声を失う松波三郎兵衛正春だった。蝮《まむし》と綽名された戦国の梟雄・斎藤道三の末裔といわれるが、見た目は若くもすでに古稀を過ぎた身である。しかも吉宗は本気で職務を全うしろと。「悪くはないな」――冥土まであと何里の今、三郎兵衛が性根を据え最後の勤めとばかり、大名たちの不正に立ち向かっていく。痛快時代小説！

藤 水名子

剣客奉行 柳生久通

シリーズ

完結

①獅子の目覚め
②紅の刺客
③消えた御世嗣
④虎狼の企み

将軍世嗣の剣術指南役であった柳生久通は老中松平定信から突然、北町奉行を命じられる。一刀流免許皆伝とはいえ、市中の屋台めぐりが趣味の男にはあまりに無謀な抜擢に思え戸惑うが、能ある鷹は爪を隠す、昼行灯と揶揄《やゆ》されながらも、火付け一味を一刀両断！ 大岡越前守の再来!?: 微行《おしのび》で市中を行くのは、一刀流免許皆伝の町奉行！

藤 水名子

火盗改「剣組」シリーズ

完結

① 鬼神 剣崎鉄三郎
② 宿敵の刃
③ 江戸の黒夜叉

《鬼平》こと長谷川平蔵に薫陶を受けた火盗改与力剣崎鉄三郎は、新しいお頭・森山孝盛のもと、配下の《剣組《つるぎぐみ》》を率いて、関八州最大の盗賊団にして積年の宿敵《雲竜党》を追っていた。ある日、江戸に戻るとお頭の奥方と子供らを人質に、悪党たちが役宅に立て籠もっていた…。《鬼神》剣崎と命知らずの《剣組》が、裏で糸引く宿敵に迫る！